集英社オレンジ文庫

きみがその群青、蹴散らすならば

わたしたちにはツノがある

山本　瑤

本書は書き下ろしです。

Contents

7 プロローグ

9 第1章 変化

84 第2章 接近

183 第3章 窮地

237 第4章 真紅

294 エピローグ

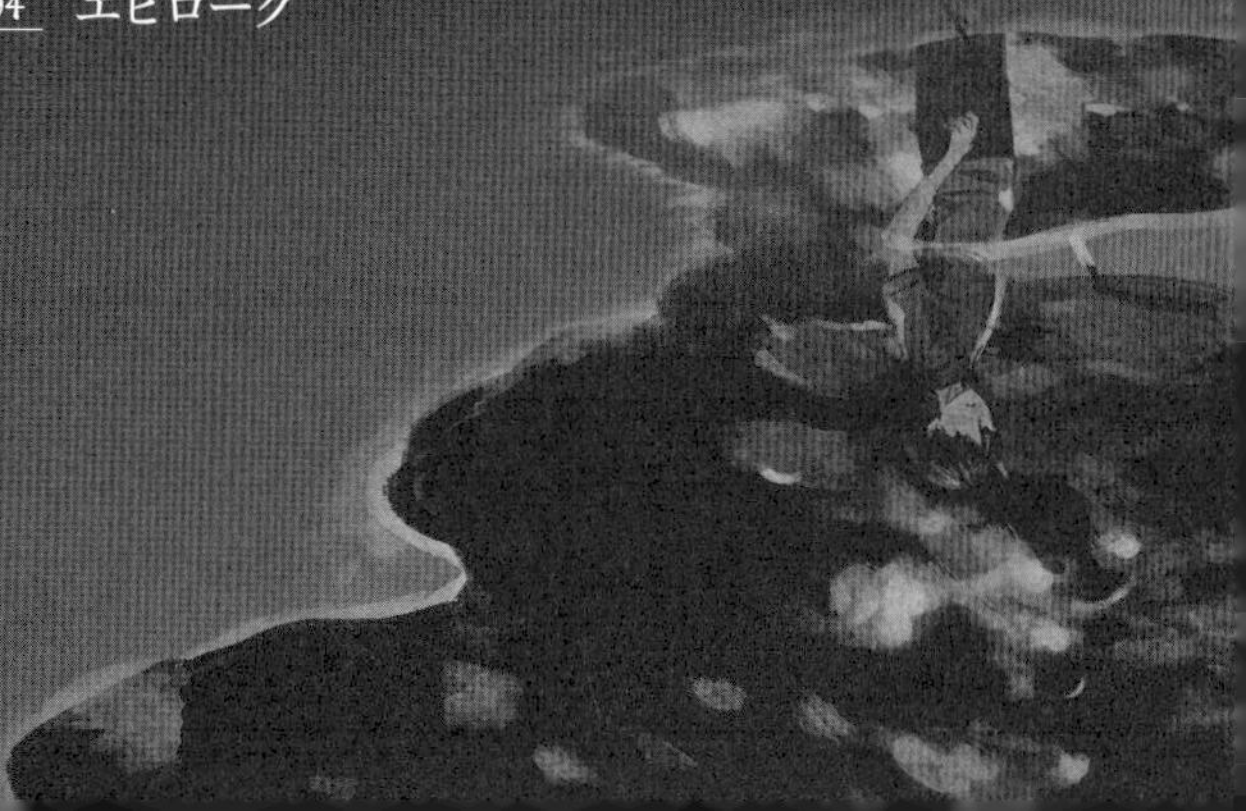

イラスト／海島千本

きみがその群青、
蹴散らすならば

わたしたちは十五歳で、一緒に死ぬ約束をした。

初めてキスをした時、雨の味がした。冷たくて、温かなキスは、わたしの醜《みにく》さを洗い流してくれたけれど、現実を変えることはできなかったんだ。

キスをしても、抱きしめ合っても、わたしたちはやっぱりバケモノだった。

群青色《ぐんじょう》の血に支配されて、もう、息をすることもできない。生きているだけで誰かを傷つけ、なじり、苦しめ、殺してしまいたくなる。

一緒に行こう。手をつないで、ほんの一歩踏み出すだけ、ここではない遠い世界へ、ひとりきりじゃない、怖くないよ、ずっと一緒に。

そこでのわたしたちはもう、バケモノなんかじゃない。何者にも追いかけられないし、追いかける必要もないんだ。

光散らばる夜空の向こうへ、ほら。誰より綺麗で大切な、君と一緒に――。

プロローグ

掘り起こされた大地が、夏の陽射しにさらされて乾き、白茶けてしまっている。

左手の雑木林からは、夏を惜しむヒグラシの声が降るように響き渡っている。湿気をはらんだ生ぬるい風に、工事用のガードフェンスがカタカタと音を立てて震えている。

そこに十四、五歳の少女と、男がひとり。

風が、少女の紺色のワンピースの裾《すそ》を大きくはためかせる。レースのペチコートが丸見えになってしまっても、気にするそぶりもない。ただ、腰まで届く漆黒《しっこく》の髪が乱れ、顔にかかった時だけ、少女は顔をしかめた。

隣に立つ男は、すらりと背が高い。年齢は、四十前後。なかなかの洒落者《しゃれもの》らしく、薄い縞《しま》のある水色のシャツにパンツ、ペイズリー柄のサスペンダーに濃い臙脂《えんじ》色のタイをしめ、足元は手入れの行き届いた茶のウィングチップを履《は》いている。

少女は、自分のエナメルのローファーより先を、じっと見つめていた。

そこには、ぽっかりと大きな穴が生じている。

「木があったみたい。樹齢数百年の」

おそらく切断され、地中深くに伸びた太い根も無理やり伐《き》られ、やがて死んだのだろう。

穴の向こうに、黄色と黒のガードフェンス。そのさらに向こうに古い建物が見える。灰色のコンクリートの壁はひび割れ、いくつもの同じサイズの窓が並んでいる。

あちらは北東の鬼門《きもん》。こちらは南西の裏鬼門。

アレは、羨望《せんぼう》の眼差《まなざ》しを向けていたはずだ。見ようとしていたはずだ。長い間、ずっと、ただただじっと、見つめていた。

しかし今、この地には何もない。鬼門の門番であったはずの大木は死に、封印されていたものは、ここではないどこかへと去ってしまった。

男がやれやれ、と嘆息《たんそく》し、低く優しい声で言う。

「無駄足だったなあ。今回は諦《あきら》めようか」

無駄足じゃない。少女は首を振り、小さな指で、前方を差した。

「後始末をしに行かなくちゃ。ほら、あそこに」

まっすぐに指差した先、ひとつだけ開いた窓辺で、薄黄色のカーテンがはためいていた。

まるで、おいでおいでと言うように。

第1章 変化

1

朝、目が覚めたら、あの子の顔になっていればいいのに。

顔がダメなら、からだの一部だけでも、あの子と同じになれたらいいのに。あの子の耳の形、指の形、爪の形、形、かたち……。

かたち、がいつも、桜子《さくらこ》を苦しめる。眠る前にベッドの上で、両手を合わせ、幾度、神様にお願いしただろう。神様。どうかお願い。

どうか、妹の愛佳《あいか》と同じパーツを、ひとつだけでもいいから、わたしにください。


「また背が伸びたんじゃないか?」

桜子が朝起きてダイニングルームに行くと、父の昌浩《まさひろ》がそう言った。

「そうかな。自分じゃよくわからないけど」

朝起きて鏡を見ても、奇跡は起きていない。もうだいぶ前に、祈るのはやめた。神様なんていない。もちろん神様というものを強く信じていたわけじゃなかったけれど、何かしら、誰かしら、祈るべき存在はあると思っていた。

「そのうち抜かされたりしてなぁ」

昌浩はおどけた様子で言って、桜子の横に立つと、頭のてっぺんに手のひらをかざした。身長一八〇センチはある父の、ちょうど肩のあたりだ。

「そんなの大女になっちゃう」

昌浩は、ははは、と笑う。父の大きな手のひらが頭の上から離れて、桜子は、ホッとしたような、少し寂《さび》しいような、奇妙な気持ちになる。

あの手に撫でられて、安心していられるような、子供のままだったら、きっとよかった。

朝日が差し込む明るいダイニングルームは、平和な一日が始まる場所にふさわしい。キッチンにいる母の佳恵《よしえ》が、ミキサーのスイッチを入れる。その音も、いつも通りだ。

「ほんと、成長期って素晴らしいわねえ」

佳恵は明るく笑いながら、コップにできたてのスムージーを注いだ。

「今の子って、発育がいいわ。はい、カルシウムと鉄分、ますますちゃんと摂《と》らなくちゃ」

桜子はキッチンから、家族全員分のコップを載《の》せたトレーを運ぶ。そこへ、

「おはよー」

と少し寝坊した妹が、パジャマのまま現れる。

「愛佳ってば。顔洗って着替えてから来なさいって、いつも言ってるでしょ」

呆《あき》れ顔で佳恵に言われても、愛佳は聞こえないふりをする。

「あー、お母さん。あたし、小松菜は入れないでって頼んだのに」

と、逆に文句をつけながら、味噌汁を並べるのを手伝う。

「はい、ご飯も持っていってくれた？　じゃあ早く食べちゃいなさい」

佳恵がキッチンからエプロンを外しながら出てきて、昌浩もテレビを消す。特別なことがない限り、朝ごはんは家族揃《そろ》って。月島《つきしま》家の昔からのルールだ。

七時に家を出る昌浩に合わせて、全員が六時半には朝食のテーブルに着く。道一本向こうの地元小学校に通う愛佳は、本当ならもう少し遅くてもいいのに。

でも、誰もそのことに文句は言わない。桜子だって、家族が揃う時間が好きだった。

それがここ一年間、朝のこの時間が苦しい。

ダイニングルームは変わらぬ光と、平和な時間が満ち溢《あふ》れているというのに。

過剰《かじょう》にも感じる朝日のせいで、大きな観葉植物の葉の影が床に生じる。その影の中にずぶずぶと沈み込んでしまいたいような、そんな欲求にかられる。

お母さん、と桜子は胸の中で呟《つぶや》く。

わたしこの飲み物嫌い。小松菜とレモン、バナナ、ヨーグルトをめちゃくちゃに攪拌《かくはん》して、流し込まれる液体。もう背なんか高くなりたくないし、年も取りたくないの。

それでも桜子は静かに食卓に着き、「いただきます」と手を合わせる。

愛佳もぶつくさ言いながらも不味《まず》そうにスムージーを飲む。昌浩が会社に入った若い子の話をして、愛佳が目をまん丸くする。佳恵が相槌《あいづち》を打ちながら、そっと桜子を見る。

控えめなその視線に、桜子は戦慄《せんりつ》する。

佳恵の視線は、次に、桜子の隣に座る愛佳に向けられる。「もう」と小さなため息をついて、箸《はし》を置いて立つと、愛佳の後ろに回って、シュシュでさっと髪を結ぶ。

「ご飯の時は、髪の毛ちゃんとしなさい」

「えー。お姉ちゃんだって結んでないのに」

「お姉ちゃんは、いいのよ。見た感じが邪魔そうじゃないでしょ?」

桜子は肩の下まであるストレートの髪で、食べる時の姿勢のおかげもあるが、前に落ちてこない。一方、愛佳は癖《くせ》っ毛だ。量も多く、かなり膨《ふく》らんでしまっている。

「いいなあ、お姉ちゃん。まっすぐサラサラ。愛佳もストレートに生まれたかったぁ」

佳恵の手が止まる。一瞬だが、昌浩と顔を見合わせたようだ。桜子はそのことに気づかないふりをして、明るい声で言った。

「わたしは愛佳が羨《うらや》ましいよ。可愛い髪ゴムとかも似合うし」

妹の髪を結ぶのは、最近の桜子の仕事だ。朝ごはんを食べ終わってから、一緒に洗面所へ行く。くるくるの髪に、櫛通《くしどお》りがよくなるスプレーを吹きつけて、ブラッシングもしてやる。真ん中で二つに分けてトップを編み込むと、本当に可愛らしい。

四年生になっても、愛佳は、幼い頃からの愛らしさをずっと失わないままだ。

小柄で、栗色の天然の巻き毛に、無邪気でつぶらな瞳。洗面所の引き出しを開けて、可愛いフルーツ柄のゴムを探していると、愛佳が「お姉ちゃん」と呼んだ。

「みくちゃんがねえ、お姉ちゃんのこと、すっごく綺麗だって」

嬉しそうに、誇らしそうに。桜子は喉《のど》が詰まったけれど、精一杯の笑みを浮かべた。

「そんなことないのに。愛佳の方が、わたしよりずっと可愛いよ」

そんなやりとりを、壁一枚隔《へだ》てた向こうで、佳恵が聞いている。きっと聞いている。

ここはわたしの居場所じゃない。

今朝もそんな思いを胸の奥に押し込んで、家を出る。テレビでは、まだしばらくは残暑が続くと言っていた。夏の終わりの空を見上げれば、湿った空気が、頬にまとわりつく。

どうしたんだろう、わたし。最近、朝がとても苦しい――。


鏡を見て、何一つ変わらない一日の始まりを、諦《あきら》めの思いで受け入れたというのに。

桜子は、あとから何度も、この日のことを思い出した。

九月の、まだじっとりと蒸し暑い夏の終わり。教室にエアコンが設置されるのは来年以降になるらしく、暑い日は窓を開け放つしかない。

桜子は幸い、窓側の席だ。後ろから三番目。ほとんどの女子は、席替えの度《たび》に、仲良しと近いとか離れたとかで大騒ぎするけれど、桜子にとっては、どこだって同じだ。

授業中、ふと集中力が途切れたときなどに、よく窓から外を見る。

桜子が入学した頃、校舎の西側はちょっとした緑地になっていた。大きな木が通り向こうの住宅地との間に枝を広げ、夏には蟬《せみ》の声がかなりうるさかったけれど、窓側の席から眺める緑は目に涼しかった。

しかし今、蟬の声は減った。鳥の声も。緑地は大きな重機で掘り返され、大木の無残な姿が敷地の隅に積み上げられたままだ。

新しい体育館を、そこに建設するつもりらしい。しかし、工事着工からかれこれ一年以上も経《た》つのに、まだ建物は完成しない。

桜子たちは相変わらず、古い体育館を使用していた。

高野南《こうやみなみ》中学校は、県北西部に位置する公立中学校だ。おもに近隣四つの小学校出身者で占められ、一学年五クラスと、市でも中規模な中学校になる。地域は大規模なベッドタウンで、保護者の多くが一時間ほどかけて都内の会社に通う。桜子の父、昌浩もそうだ。

制服は、女子はセーラーで、夏服は白地に紺色の襟《えり》、赤いスカーフ。紺色のひだスカート。男子は薄水色のシャツに紺色のパンツと、いたって普通。

桜子は3年2組。クラスの生徒数は三十二。その中にはただのひとりも友達はいない。

授業と授業の間の休み時間、昼休み、登下校、移動教室。桜子は常にひとりだ。

給食は班ごとに机をつけて食べる決まりだから、ひとりではないが、その後、席をもとの場所に戻すと、本を読むか……お気に入りの場所に、ひとりきりで行く。

幸いなのは、桜子がひとりでいても、誰からも、同情も軽蔑《けいべつ》もされないことだ。

入学当初からそうだったので、「月島さんはひとりでいるのが好きな静かな人」ということを、誰もが受け入れ、放っておいてくれている。

クラスの女子の人数は、夏前まで奇数だった。体育でペアを組まなければならない時、当然、ひとりが余った。そういう時も、先生とペアを組むのは、いつも桜子だった。みんなそれが普通だと思っていた。誰かが休んだ時は、余った子と自然にペアを組むこともあった。

テスト前に勉強を教えてと頼まれた時は、休み時間を使って感じよく教える。課題を写させて、と頼まれても、同じように感じよく。クラス対抗のバスケやバレーボールの試合がある時は、一生懸命にやって、クラスの勝利に貢献《こうけん》する。体育祭でも、リレーの選手を引き受ける。美術の課題も手を抜かず、合唱コンクールでは、ピアノの伴奏もやる。

勉強がある程度できて、運動神経も悪くなければ、誰も不必要に桜子をいじらない。

「月島さんはそういう人」「でも頼れるし、時には便利」。

そういう立ち位置にいれば、女子のいざこざに巻き込まれることもなければ、気を遣《つか》いすぎることもない。あとは、「男子と話さなければ」。

授業中にプリントが回ってきて、後ろの席に回す時、桜子は、少しだけ緊張する。

すぐ真後ろに座っているのは、周防紫生《すおうしき》だ。

できるだけ彼の顔を見ないよう、間違っても手が触れないよう、さっと回す。

この席は、場所は最高なのに、後ろに座る紫生が問題だ。

すべての男子とは関《かか》わるつもりはないが、中でも紫生とは、絶対に関わってはならない。

だからこの時も、体を少しだけ後ろに向けて、さっとプリントを彼の机においた。でも、その際、机の上の紫生のシャーペンに手が当たってしまい、床に落ちてしまった。桜子は一瞬固まってしまい、動けなかった。シャーペンは、桜子の方に近い場所に落ちている。落とした自分が拾うべきとは思ったが、紫生の方が、動くのが早かった。

「……ごめん」

小さな声で謝ると、シャーペンを拾う紫生が顔を上げて、目と目が合ってしまった。まともに顔を見たのは、たぶん、三年ぶりくらいだろうか。

「へーき」

たったひとこと。ほんの短いやり取り。それでも付近の女子数人の視線が、自分に突き刺さるのがわかる。桜子は紫生から目をそらし、すぐに前を向いた。束《つか》の間《ま》でも、自分に向けられた女子たちの視線。今朝の、佳恵の、じっと観察するような視線。

窓から入ってくる風が冷たく、寒気さえした。でも寒いのはきっと自分だけだろうから、窓を閉めることはできない。桜子はひたすらじっとして、授業を受け続けた。

休み時間になってすぐ、桜子は教室を出た。保健室に行こう。たぶん熱なんかないし、寒気もだいぶ収まったけれど、次の授業の間だけ、保健室で休もう。しかし、

「月島さん」

遠慮がちな声が、桜子を呼び止めた。振り向いた桜子は、顔をしかめてしまった。

同じクラスの土田千香《つちだちか》だ。眉を寄せ、小さな瞳で、うかがうように桜子を見ている。

「具合、大丈夫？」

「え？」

「あの……さっき、古文の時、具合悪そうだったよね。大丈夫かなって」

土田千香の席は、確か廊下側、桜子とは距離がある。よく気づいたものだ、と考えて、
桜子はすぐに思い当たった。それは、ずっとこちらを見ているから。

「あの。保健室行くの？　よかったら、一緒に行こうか？」

桜子は首を振った。少し無理をして微笑んで断る。

「平気。すぐに次の授業始まるよ。自分で行ってくるから」

「遠慮しなくていいよ？」

「遠慮はしていない」

思わずはっきりとした口調で言ってしまい、きゅ、と唇を噛む。

千香が驚いたように目をみはっている。拒絶を受けるとは思わなかったのだろう。

「ごめんね。でも、本当に大丈夫だから」

桜子は早口に言って、その場を去った。

保健室に行くつもりだったのに、気づけば、足は階段を上へと向かっていた。

校舎北側の四階は、普段、人がほとんどいない。古い校舎の中でも一番ぼろくて、桜子が入学した頃から、トイレは使用禁止のままだし、設備が古すぎて使えないという旧視聴覚室と、物置同然の社会科資料室があるだけだ。

廊下を奥まで行くと、非常階段へ続くドアがある。ドアは施錠されている。非常階段なのに、これではいざという時に使えない。北棟《きたとう》四階の使用状況からして、必要ないのかもしれないが、理由はそれだけではない。

施錠されている理由は、年の初め、生徒のひとりが、ここから飛び降りて死んだからだ。三年生で、奇《く》しくも桜子と同じ2組。一学年先輩にあたる女子。

今、非常口のドアは固く閉ざされ、彼女が最後に見た風景を見ることはできない。

ひとりになりたい時。桜子は、よくこの場所を利用した。

それでもさすがに、授業を堂々とサボるのは初めてだ。保健室に行くつもりでいたのに。

ふと、先ほど見た紫生の顔を思い出す。少し面変《おもが》わりしていたな。それはそうか。

桜子と紫生は同じ小学校出身で、同じクラスだった。住所も比較的近い。学区編成が重なった時期だったため、同じ小学校出身者は四校の中でも一番少なくて、確か十五人程度だ。その中でも小学校の五、六年で同じクラスだったのは、紫生だけ。

紫生は、昔から、女子に人気だった。男子にも人気だった。顔がどことなく中性的で、さらさらしている。特に、切れ長の目が印象的だ。髪が少し茶色がかっていて、さらさらしている。でも、昔はもっと女の子っぽくもあったのに、ずいぶんと大人びた。

シャーペンを拾うためにかがんだ時、首がけっこうしっかりした感じがあって、手も大きく、骨張っていた。夏前の総体までサッカー部に所属していたからか、日にも焼けて、より男の子っぽい。

成長期だから、という佳恵の言葉を思い出す。紫生も、桜子も、変わってゆく。変化は、差異をさらに際立《きわだ》たせる。桜子は、愛佳とは違い、佳恵とも、昌浩とも違う。

先ほどの、千香の、じとっとした視線を思い出した。

(桜子ちゃんて、ほんとずるーい)

嫌な感じに笑ったかつての友達は、千香とは別人のはずなのに、重なって見えた。

頭が痛い。特に、額《ひたい》のあたりが、ズキズキと激しく痛む。

「保健室……」

本当に行かなくちゃ。そう思って、振り向いた時、桜子は息を止めた。

廊下の少し先に、人が立っていた。

「水瀬《みなせ》さん」

同じクラスの女子だ。水瀬……下の名前が思い出せない。小柄で細く、きっちりと編み込んだ髪と赤いメガネが特徴的な。

彼女は転校生で、夏休み明けに2組に転入してきた。彼女が来たことで、2組女子は奇数ではなくなった。先週の体育で、屈伸運動などのペアを、桜子は彼女と一緒にやった。

彼女は自分から打ち解けるタイプではないらしく、転校初日からずっとひとりだ。

当初は何人かの女子が話しかけてはいたが、「なんか絡《から》みづらーい」と言って、次第に敬遠するようになっていた。その水瀬さんが、今、目の前にいる。

「気をつけて」

その佇《たたず》まいと同じように静かな口調で、言った。

「今にもツノが生えてきそうよ」

桜子は一瞬、なんのことを言われたのかわからなかった。驚きと戸惑《とまど》いが同じくらい。

「ツノ？」

「うん。額のところ」

とっさに、水瀬さんの視線の先にある自分の額を触った。馬鹿馬鹿しい。

「なんの冗談?」

ツノってなに。動物?　それとも。

水瀬さんはふう、とため息をつく。白い顔が、とても困ったように桜子を見る。

「こんなところにひとりで来ちゃダメ。あなたみたいな子は、すぐに魅入《みい》られちゃう」

「わたしみたいな?」

水瀬さんは、すると、こちらへと距離を詰めた。上履《うわば》きの廊下をこする音がかすかに鳴る。水の上を滑るような、静かな動き。

「とても綺麗な子」

「なに、それ」

「綺麗で、優しい子」

メガネの奥の瞳が、じっと桜子を見つめている。不思議だ。人から見つめられることが、最近では、病的なまでに苦痛なのに。嫌じゃない。

水瀬さんの瞳は、なんとなく藍色がかって見える。瞬《まばた》きもせず、まっすぐに、静かに、桜子に注がれるこの眼差《まなざ》しは、いったいどういうことだろう。

「わたし綺麗じゃないよ」

桜子は、焦燥感《しょうそうかん》とともに答えていた。

「醜《みにく》くて汚い。きっと誰よりも」

「それが危ないの。アレはね、自分のことが大嫌いな人を見つけて、追いかけてくるから」

「水瀬さん。ほんともう、いい加減に……」

「行こ」

いきなり、水瀬さんが桜子の手首をつかんだ。ひやりとしている。手首から、全身がすっと冷えていく感じ。ただ柔らかくつかまれただけなのに、振りほどけない。

「ど、どこに……」

「教室」

水瀬さんに手を引かれるまま、桜子は階段へ向かう。しかしその時、ふと、誰かの声を背中に聞いた気がした。振り向いたが、誰もいない。施錠された非常口が見えるだけだ。

でもなぜか、あそこに長くいてはいけなかったのだと、桜子は思った。

すると、同じ場所を見ていたらしい水瀬さんが、さらに訳のわからないことを聞いた。

「ねえ。走るの、速い？」

「え？」

「かけっことか、鬼ごっことか。速い方？」

真顔で聞くので、思わず桜子も真剣に考えた。かけっこも鬼ごっこも、もうずいぶんとしていない。けれど、運動会では三年連続、クラス対抗リレーの選手をつとめた。

「足は速い方だと思うけど……」

「よかった」

目の前にすると、桜子より頭ひとつぶん低い、小柄な少女。彼女はさらに、こう言った。

「追いかけてきたら、逃げてね。絶対に、つかまらないでね」


何が追いかけてくるのか、結局、聞くことはできなかった。水瀬さんはすぐに桜子の手を離し、すたすたと階段を降りてゆき、桜子も、保健室ではなく教室に戻った。

「月島さんの具合が悪そうだったので保健室に連れていきました。もう大丈夫みたいです」

教室に入るなり、水瀬さんはよどみなく説明した。

授業は現国で、2組の担任でもある小野早苗《おのさなえ》が、心配そうに桜子を見た。

「確かに顔色が悪いわねえ。もし辛《つら》いなら、まだ保健室で休んでいたら？」

「……いえ。大丈夫です」

「そう？　無理しないでね。途中でまた具合が悪くなったら、すぐに言いなさいね？」

小野早苗は二十七歳ということだが、小柄なせいか、それよりも若く見える。色白で、常に白いブラウスとふんわりしたスカートか、花柄のワンピースを好んでよく着ている。女子生徒に人気で、さなえっち、とか、さなポンとか呼ばれているような先生だ。

　桜子はぺこりと頭を下げて、足早に席に戻った。しかし、椅子に腰掛けた瞬間、

「うおおおおーっ！」

　獣のような咆哮《ほうこう》が、教室に響き渡った。一瞬、何が起きたのかわからなかった。教室の真ん中あたりから、黒い何かが、周囲の机をなぎ倒す勢いで飛び出し、窓辺に走り寄った。

「門倉《かどくら》君！」

　早苗が生徒の名前を呼ぶ。そうだ。あれは門倉翔平《しょうへい》だ。野球部で、クラス一のおちゃらけ者。いつもふざけてばかりいるやんちゃ男子が、今、顔面蒼白《そうはく》で叫ぶ。

「ここみぃーっ！」

　翔平は、開けっ放しだった窓の枠につかまると、上半身を外に出して、なおも叫んだ。

「ここみぃーっ！　待ってろよ！　そこにいろよ！」

　そうして、窓枠に足をかける。女子の誰かが悲鳴をあげ、早苗が叫ぶ。

「門倉君、やめなさい！」

　きゃーっ、きゃーっ、と、女子たちが次々に悲鳴をあげる。男子たちも、口々に、「やめろ」と叫んでいる。桜子のすぐ後ろで、がたん、と大きな音がした。

紫生だ。桜子の脇を通り、窓から身を躍《おど》らせようとしている翔平の肩をつかむと、引き戻した。ふたりは転んで、紫生は翔平の下敷きになってしまい、女子がまた悲鳴をあげた。

「周防、大丈夫⁉」

出来上がった生徒の輪の中に、翔平と紫生がいて、翔平はなおも叫んだ。

「ここみがいたんだ！　あそこに！　工事現場のとこに！」

桜子はとっさに窓の向こうを見た。確かに、工事現場が見える。正確には、工事が中断された体育館建設予定地が。でも、誰もいない。そもそも、立ち入り禁止の看板とガードフェンスが置いてあるし、関係者以外があそこにいるとは思えない。

それに、「ここみ」って、いったい誰？

「だいじょうぶよ、門倉君！」

早苗が翔平を、紫生から抱きとるようにした。なんと翔平は泣いていた。

「みなさん、しばらく自習していてください」

早苗は翔平の肩を抱き、教室を出ていった。

紫生が無言のまま倒れた机や椅子を直し始め、何人かがそれを手伝った。

「あたし、知ってるよ」

小声で女子のひとりが言った。

「ここみってさ、門倉の妹だよ。四歳の時、事故で死んだんだって」

「あ、知ってる。確かうちらが小三くらいの時だよねー」

「じゃあさ、幽霊を見たってこと？」

全員が、窓の外を見る。もちろん、誰もいない。

桜子はなんとなく、水瀬さんの姿を探した。彼女は、教室の後ろの席に着いたままだ。

「うそ、ちょっと」

女子ふたりが水瀬さんを指差して、ひそひそと話しだす。

「信じらんない。こんな時に」

確かに、桜子も我が目を疑った。小柄な転校生は、大きなおにぎりを食べているのだ。アルミホイルに包まれたそれを、無言のまま、むしゃむしゃと食べている。

確か転校早々も、そんなことがあった。誰かが、「水瀬さん、給食以外にものを食べてたら怒られるよ」と注意した時も、「そうなの？」と涼しい顔で答えただけで、食べるのをやめようとしなかった。そうだ。それで、絡みづらいとか、変わっている、とか言われて、敬遠されるようになったのだ。

しかし今、桜子は、水瀬さんの表情の方が気になった。おにぎりを無言で食べながら、彼女は、悲しそうな、困ったような、そんな顔をしていた。

桜子は家に帰ってから、二学期初めに再配布されたクラス連絡網を確認した。

「水瀬和葉《かずは》……」

今日の門倉翔平は衝撃的だった。でもそれより、水瀬和葉との短い会話の方が、いつまでも気になって仕方がない。

和葉は、教室で、いつも静かだ。それは桜子と同じなのだけれど、なんというのか、桜子が意識して目立たないようにしているのに対して、和葉は、教室に溶け込んでいる。誰かの注目を集めることもなく、ごく自然に、そこにいる。そんなイメージだ。

どうしたら、あんな風に静かな佇まいを手に入れられるのだろう。

「桜子ちゃん」

湿った声に振り向くと、ドアの向こうに佳恵が立っていた。何を遠慮してか、部屋の中に入ってこようとしない。桜子はドアのところまで行き、明るく言った。

「ああ、ごはん？　手伝うね」

手伝うと言っても、普段やっているのは、テーブルを拭《ふ》いたり、家族の分の箸や取り皿を並べたり、といった程度のことだ。しかし、佳恵はそこをどこうとはしなかった。

代わりに、優しい微笑を浮かべる。その微笑だけで、桜子は母の用件がわかった。

「これね」

と、佳恵がエプロンのポケットから取り出したのは、薄ピンク色の封筒だ。

押し黙って封筒を凝視《ぎょうし》する桜子に、佳恵はいっそう優しい声で言う。

「いいのよ。あたしたちに、遠慮なんかしないで。桜子ちゃんがしたいように……」

「うん分かった」

桜子は早口に言って封筒を受け取り、ドアを閉めた。母の目の前で、静かに、でもはっきりと遮断した。母の声も視線も。何もかもを、ドア一枚で向こう側に追いやるように。

心臓が、どきどきしている。頭が痛い。額の生え際《ぎわ》のあたりが熱を帯びて、痛いような、痒《かゆ》いような、叫びだしたいような気持ちになる。

泣きたいのに、涙は出ない。心が、泣きたい、泣きたいと叫んでいるのに、眼球は乾いて、涙の一滴も出ることはない。

（あたしたちに、遠慮しないで……）

あたしたち。それはすなわち、桜子以外の人間のことだ。佳恵、昌浩、そして愛佳。

この家で、桜子だけが違う。絶対的に違う。

その違いを、父も母もわかっているのに、なんでもないふりをしている。

桜子は手紙を開封することなく、封筒ごとめちゃくちゃに丸めて、机の引き出しの奥にしまい込んだ。そうすることで、自分の一部までもが隠されるわけではないのに。

神様。どうかお願い。

わたしを、この家の、本当の子供にしてください。佳恵に似た丸い瞳と、鼻と、昌浩そっくりの耳の形、佳恵と同じくらいの背丈《せたけ》や、声や、髪や、そして指の形をください。

桜子はこの家の本当の子供ではなく、手紙は、実の母親からのものだった。

およそ十五年前、養育を放棄したくせに、今頃になって、会いたいと言ってくるような、身勝手な女。顔も知らない。けれど、目の前に現れれば、きっとわかるのだろう。毎朝鏡で見るのとどこか似ている顔や、髪や、背格好、耳や、指の形。

「熱い……」

桜子は額を押さえた。それから、何気なく鏡を見て、悲鳴をあげそうになる。そこに映る、異形《いぎょう》の者。顔は変わっていない。けれど、明らかな変化が映っている。

鬼。

桜子の、白い額に。きらきらと蛍光灯の明かりを受けて反射する、小さなツノが二本。

間違いなく生えている。


そしてその夜から、夢を見始めた。

桜子は、真っ暗な校舎の中を、必死で走っている。後ろから、追いかけられている。

誰に追いかけられているのかはわからない。ただ、ひたひたと裸足《はだし》で廊下を移動する音は速く、一瞬でも気をぬくと、すぐ背後にまで迫ってきそうなのだ。

桜子は走る。廊下を駆け抜け、階段を上り、降りて、また廊下を走る。走って、走って、懸命に逃げながら、水瀬和葉に言われたことを思い出す。

(ねえ。走るの、速い？)

(追いかけてきたら、逃げてね。絶対に、つかまらないでね)

そうだ。絶対につかまってはならない。

桜子は、しかし、はっとして立ち止まった。必死に走って、夜の校舎を逃げ回り、そうして気づいたら、あの場所まで来ていたのだ。

北棟四階、非常階段の前。つまり行き止まりだ。踵《きびす》を返し、戻ろうとして、再び固まる。

あいつが、階段を上ってくる。誰なのか。男か、女か。大人か、生徒の誰かか。

違う。男でも女でもない。大人でも子供でもない。化け物だ。

だってほら、階段のところに、影が伸びはじめる。大きな体、揺らめく髪の毛、そこから二本突き出た、ツノのようなもの。

顔がのぞく。桜子は金切り声をあげる。血走った目が、桜子をひたと捉《とら》えた。

2

朝、目が覚めたら、あの子になっていればいいのに。

土田千香《つちだちか》は、毎晩のようにそう願いながら、眠りにつく。けれど、当然のことながら、願いが叶《かな》えられることはない。目覚めても、目覚めても、千香は千香のままだ。

決して、あの子のようにはなれない。あの子――月島桜子《つきしまさくらこ》のようには。

千香はため息とともに、鏡の中の自分を見る。平凡な顔立ち。ものすごくブスではないけれど、美人には程遠い。桜子を思い浮かべてみる。すんなりとした長い手足。小さな白い顔。初めて見た時、羨望《せんぼう》と同時に、嫉妬《しっと》を感じずにはいられなかった。

黒目がちの大きな目に、小さいのにすっと筋が通った鼻。ふっくらとした唇に、細い顎《あご》。長い首。背が高いのに、足は小さそう。肩甲骨《けんこうこつ》までの髪は軽そうで、さらさらしている。

それから……桜子は、誰にもこびない。その必要がない。あたしとは違う。

千香は自嘲《じちょう》気味に笑った。その顔がむかつく、と埋央《りお》に言われたのは、休み時間だ。

（千香ってさ、ヘラヘラ笑ってうちらに合わせてるけど、本当はバカにしてない？）

昨日の夜、ＳＮＳのグループに、すぐに返信しなかったのが千香だけだったから？

通知が来ているのは知っていたけれど、観《み》たいドラマがあったから、あとでいいかって思ったんだった。話題は理央が大好きな、周防紫生《すおうしき》のことで、いつ告白するか、どうすればいいかって、女子六人グループで話題になってて。

そこに既読《きどく》をつけなかったのは、ドラマのせいばかりではないけれど。がんばってね、とか、理央は可愛いから今度こそ大丈夫とか、みんなが無責任な声援を送るのに、どうしても便乗できなかった。

中学生になって、初めて紫生を見た時の衝撃を、千香は今でも覚えている。

違う小学校から来た、違うクラスの男の子。廊下で、男子数名がふざけていて、その中に紫生もいたのだけれど、もう全然違っていた。背が高いのに、華奢《きゃしゃ》で、佇《たたず》まいが優しいというか、どことなく品があるのが紫生だった。

同じクラスになってわかったのは、紫生は、優しいということ。男子の中には、女子を必要以上にからかったり、変なあだ名をつけるやつが多いけど、紫生はそんなことはしない。たとえば、千香は、土田という名字をいじられて、土ブタって呼ばれることもある。

そんなに太っているわけじゃないのに。

色が黒くて、ちょっとがっしりした体型なだけなのに、ブタと呼ばれる。いじめられているわけじゃないけれど、時々、嫌な感じでいじられる。紫生はそんなことはしない。

でもそんな風に完璧な王子様だから、紫生を好きな女子は、たくさんいた。

しょっちゅう告白もされているらしいけれど、紫生は誰とも付き合わない。きっと、誰も釣り合わないからだ。理央だって、実は二年の時、すでに一度振られている。

理央は学校じゃ可愛い方だし、2組の女子の中ではいわゆる一軍で、目立つグループの頂点に君臨しているけれど、もう一度告白したって無駄に決まっている。

だから、グループに反応せずに、ついドラマを優先させてしまったのだ。

そうしたら、今日、理央にきつく言われた。他の子たちも、眉をひそめて相槌《あいづち》を打ったりして、誰も助けてはくれなかった。

大丈夫、と千香は自分に言い聞かせる。そのあとは、割と普通な感じだったし。沙知《さち》とふざけもしたし、一緒に帰った。沙知とは同じ小学校出身で、陸上部でも一緒だった。だから沙知だけは、千香を裏切らない。でも……お腹《なか》が痛い。おでこが、とても痒《かゆ》い。

バカにしてるって、ある意味本当のことかもしれない、と千香は焦《あせ》ったものだ。

なんで紫生が自分に振り向いてくれるなんて思うんだろう？　あんなに特別な男の子には、特別な女の子しか似合わないのに。そう……たとえば、月島桜子のような。

二人ともクラス委員だから、時折壇上で並ぶことがあるけれど、すごくお似合いだ。

それに今日、千香は見てしまった。桜子が、授業中に、プリントを回す時に、紫生のシャーペンを落としたところも、そのあと、一瞬だけれど、お互いが見つめ合ったところも。

どうにもモヤモヤして、すぐに桜子に確認したくなった。だから千香は、教室を出た桜子を急いで追いかけて、声をかけた。

保健室、というのは口実で、桜子と少しでも仲良くなりたかった。仲良くなって、桜子が、本当は紫生のことをどう思っているのか、確認したくてたまらなかった。なのに。

（無理はしていない）

桜子は千香を拒絶した。優しさのかけらもなかった。

「死ねばいいのに」

ベッドに寝転がってそう呟《つぶや》くと、胸の中のモヤモヤが、一瞬だけ晴れる。見えないナイフで誰かに復讐できたみたいに。実際は何もできないけれど、本人が知らないところで、この強い言葉を使って貶《おとし》めることで、気持ちが晴れる気がするのだ。

桜子なんて死ねばいい。理央だって死ねばいい。

あの子も、あいつも、千香をバカにしたり、土ブタって呼んだりした連中はみんな。

「おい千香、何ひとりでにやついてんの？」

千香は跳ね起きた。部屋の入り口から、二歳下の弟が薄気味悪そうに千香を見ている。

「勝手に入ってこないでよ！」

「は？　入ってねーし」

「なんの用？」

「飯だって。勉強してるはずが、寝転がってニヤニヤしてたって、母さんに言うからな」

「なんでも言えばいいでしょ、もう、あっち行ってよ！」

教科書を投げつけたものの、ドアにぶつかっただけで、弟は笑いながら行ってしまった。

そのあと、夕食のテーブルは、いつも以上に最悪だった。大学生の姉が、めずらしく家にいたからだ。姉はこの春に有名私大に受かったばかりで、母親のお気に入りだ。

天は二物《にぶつ》を与えずと言うけれど、あれは嘘だ。姉は、容姿は母親似で、頭脳は母方の祖父似、幼い頃から進んで学級委員をやるような、優等生。

弟も、母親に似ている。母親は若い頃雑誌の読者モデルをしていたことが今でも自慢で、自分そっくりの弟を溺愛《できあい》している。だから弟は調子に乗って、千香に強く出る。

千香だけが、父親に似てしまった。母親いわく、父親の母、つまり、おばあちゃんに似てしまった。色黒で、目が小さくて、団子鼻《だんごばな》で、髪の毛は量が多くて変にうねっている。太っているわけじゃないのに、デブに見られる。土田家で、千香は、いつもひとりだ。姉がいれば姉が話題を独占し、いない時は、弟が母親の関心を独り占めする。

死ねばいいのに。心の中で、弟と姉の名前を追加する。

すると少し、救われるのだ。でもその時、千香は、ぎくりと思い出した顔があった。

水瀬和葉《みなせかずは》。今まで、気に留《と》めたこともなかった、誰よりも地味なあの子。

今日、桜子にこっぴどい形で追い払われたあと、すごすごと教室に戻ろうとしていたら、廊下の向こうから歩いてきたあの子に言われたのだ。

（大丈夫？　ツノが生えてきそうだけど）

いったい何のことを言われたのか、ぜんぜんわからなかった。

千香がいつも通り、曖昧《あいまい》な微笑を浮かべると、和葉はなぜか困ったように千香を見て、階段を上っていった。後から、桜子は和葉に保健室に付き添ってもらったのだと判明した。

桜子は、千香の申し出を断ったくせに。あんな子、やっぱり紫生にふさわしくない。

ほんと、死ねばいいのに。


その夜、夢を見た。

学校で、千香は教室に忘れ物を取りに戻ろうとしていた。

何を忘れたのかは、思い出せない。でも、とにかく教室に戻らなくてはならないのだと、千香はわかっていた。廊下からひとり、教室に入ろうとしたら、なんと入れ違いに紫生が出てきた。サッカー部のユニフォームを着ている。それが似合いすぎていて、眩《まぶ》しい。でも、部活は引退したはずなのに、なんでユニフォーム姿なんだろう？　紫生の後ろ姿を見送って、ようやく教室内に入った千香は、どす黒いものが湧き上がるのを感じた。

桜子が教室に残っていた。桜子だけが。ということは、さっきまで、紫生とふたりきり。何か話していたの？　授業中の、あのアイコンタクト、あたし見たんだからね？

大声で叫びながら、桜子をめちゃくちゃにしたい衝動が起こった。でも我慢して、黙って桜子を見つめた。やっぱり、なんて綺麗な子なんだろう。間近で見れば見るほど、本当に綺麗。お人形みたい。こんなに綺麗な子と紫生が、二人きりで教室にいたなんて。

桜子は、教室を出ていこうとしている。行かせたくない、と千香は思った。

「待ってよ」

自分の声が、やけに湿っている。あれ？　と自分の手元を見下ろす。どうして、ナイフなんて持ってるんだろう。小さな果物ナイフ。顔を上げると、桜子が、驚愕《きょうがく》の表情で千香を見ている。怯《おび》えている――――？　千香はナイフの柄《え》を、ぎゅっと強く握りしめた。

「行かないでよ」

桜子が、ぱっと身を翻《ひるがえ》して駆けだした。千香は目をぱちぱちさせた。

どうして逃げるの？　逃げるんなら、あたし、追いかけるよ？

廊下に出るとなぜか真っ暗だ。蛍光灯もついていない。いつの間に夜になったんだろう。

桜子が逃げてゆく。廊下を、階段を、あちらこちらへと。

必死に逃げる後ろ姿が、千香を残酷にさせる。足が速いんだね。そうか、リレーの選手にも選ばれてたっけ。陸上部の千香を差し置いて、沙知と桜子が、女子の代表で。男子の代表は門倉《かどくら》と、紫生だった。桜子から、アンカーの紫生にバトンが渡されたんだった。

体育の授業で行われた選手決めで、千香は桜子にほんのわずかなタイム差で負けた。

あの時負けなければ。紫生にバトンを渡したのは千香のはずだったのに。

「負けないよ」

今日は負けない。追いかけて、必ずつかまえる。そして、このナイフを突き立てるのだ。

桜子を追いかけながら、千香は想像する。凶器を心臓に突き立てられた時の桜子の顔を。

その苦悶《くもん》の顔は、理央のものになり、母のものになり、姉のものにもなった。

死ねばいいのに。

あたしよりずっと恵まれているのに、あたしをないがしろにするやつらなんか。

桜子は、北棟《きたとう》の階段を駆け上がってゆく。千香は、クスクス笑いながら後を追う。恍惚《こうこつ》の表情さえ浮かべ、ナイフを手に走る千香は、三階の踊り場を過ぎ、再び階段に足をかけたところで、立ち止まった。

自分のすぐ真後ろで、別の誰かの足音を聞いたからだ。

裸足《はだし》で廊下をひた走るような、湿った音。しかも速い。もうそこまで来ている。

「だれ？」

返事はなく、確実に階段を上ってくる気配。踊り場に、影が伸びる。

真っ黒で、とんでもなく大きな影が。ゆらめく髪の毛、そこから飛び出している二本のツノのようなもの。その影が伸び、階段の手すりに、まず手が載《の》せられる。

なによ、あれは。

千香は動けない。手すりに現れた手は、人間のものとは思えない。茶色く、濡れた木の枝のようで、ぬらぬらと光っている。爪は黒く、長く伸びて、凶器のように尖《とが》っている。

悲鳴をあげた。ナイフが手から離れて、階段を転がり落ちていった。


「やめてよぉ。あたし、なんも悪くないよ」

自分の声で、目が覚めた。時計を見ると、真夜中の一時半だ。

「よかった」

夢だ。もう少しで、何かとんでもなく恐ろしいものを見てしまうところだった。

見てしまったら、もう逃げられなかったかもしれない。いくら夢の中でも。なぜか、強くそう思った。それに、千香は桜子を追いかけて、殺そうともしていた。

「こわ……」

いくら普段、死ねばいいのに、と考えているからといって、想像して満足するのと、実際に手を下すのは全然違う。千香は、犯罪者になるつもりはない。夢で、本当によかった。

額が燃えるように熱い。熱が出たのかも、とおでこに手を当てて、千香はベッドから降りる。無性《むしょう》に水が飲みたかった。面倒臭《くさ》かったけれど、熱くて苦しい。のろのろとキッチンまで行って、戸棚からコップを取ろうとした。

その時、千香は、はっとして固まった。戸棚のガラス戸に。千香の姿が映っている。パジャマ代わりのジャージを着て、髪はぼさぼさで……そんなのはいつものことで、いつもと違うのは、千香の額に、あり得ないものがあったからだ。

暗い深夜のキッチンでも、はっきりとわかる。

それは、鬼のツノだった。

3

どうやらこれは、鏡にしか映らないらしい。朝、桜子《さくらこ》はそのことをもう一度確認した。実際に、額《ひたい》に触れてみても、何もない。鏡に映るそこには、確かに、ツノがあるのに。

これは、鬼というものだ。昔話の中にしか存在しなかった異形《いぎょう》の姿が、今、確かに目の前にある。しかもそれが自分だなんて。

昨夜はかなり動揺して、鬼に追いかけられる夢を見たあとは、まんじりともせずにベッドの中で縮こまっていた。でも、朝、勇気を振り絞って、もう一度自分の変化を鏡で確認してからは、少し気持ちが落ち着いている。

確かにこれは、あり得ないことだし、怖い。でも、恐怖以上に、何かしっくりくる。

わたしは、鬼なんだ。この家の中の鬼っ子なんだ。

わたしが、最近特に、いろいろ合わないと思っていたのは、これのせいなんだ。

桜子は不思議と落ち着いた気持ちで、朝の支度をして、階下に降りていった。

「おはよう」

明るく言うと、佳恵《よしえ》がにっこりと笑う。

「おはよう、桜子」

少し遅れて、昌浩《まさひろ》と愛佳《あいか》も起きてくる。母がスムージーを作るために回すミキサー音に、ニュースがかき消される。どろりとした液体がガラスのコップに注ぎ分けられ、愛佳が文句を言いながらそれを飲む。

昌浩は会社や、先ほどまで流れていたニュースの話。佳恵は学校に出さなければならないプリントや、ゴミの分別方法が細かくなったから大変とか、お天気の話。

いつも通りの朝だった。ただ、桜子だけが違う。昨日までとは違う。

「どうしたの？　なんだか、嬉しそうねえ、桜子」

気づくのは、いつだって佳恵だ。いつもいつも、桜子を見ている。それなのに、桜子の変化の原因まではわからない。小さな苛立《いらだ》ちが、桜子をいつもより大胆にさせる。

「うん。あのね、手紙を読んだの」

嘘だ。本当は読んでいない。めちゃくちゃに丸めて、引き出しの奥に突っ込んだままだ。

それでも佳恵は、昌浩も、揃《そろ》って息を呑むようにした。

「そう。それで？」

穏やかな声。優しい顔。おまえの好きにしていいんだよ、という寛大な気持ち。

「なんの話？」

愛佳が無邪気に聞いてくる。桜子はそれには答えず、両親を順番に見つめてから言った。

「会わないよ」

「それでいいの？」

「うん。もう手紙、よこさないでって伝言できるかなあ」

「それは伝えられるはずだけど……」

佳恵は歯切れが悪い。父も母も、善良な人だから。きっと手紙の主《ぬし》に、いらぬ同情をしているのだ。でも桜子は、佳恵のその反応に気づかないふりをして、話題を変えた。

家を出て、学校に向かう坂道の途中で、桜子は背後を振り返る。

オレンジの屋根の、瀟洒《しょうしゃ》な輸入住宅。株立ちのヒメシャラの木は、十五年前、あの家を購入時に、植えたんだそうだ。

十五年前。何年もの不妊治療の末、子供を望むのは難しいと知った月島《つきしま》夫妻は、特別養子縁組でひとりの赤ん坊を実子とした。特別養子縁組は、普通の養子縁組と少し違い、もらった子供を実子として届けることができる。戸籍上《こせきじょう》、桜子は月島家の本当の長女だ。

養子縁組を斡旋《あっせん》する施設の責任者が、月島家に電話をかけたのは、桜子が生まれる前日だったという。

もうすぐ生まれる赤ちゃんがいます。月島さんのところに、どうかと思いまして。

生まれてすぐに、実母は桜子を手放し、桜子は佳恵によって、病院でミルクを飲み、オムツを取り替えられ、沐浴《もくよく》した。

月島夫妻は、桜子を実子として届けてすぐに、あの家を買い、都内のマンションからこの街に引っ越した。佳恵も昌浩も、施設の人が見込んだ通り、人格者で、公平で、経済的にも申し分ない夫婦だった。桜子は彼らに愛され、あらゆるものを与えられ、なんの疑いもなく育った。あの日までは。

五歳の誕生日の夜に。両親が、改まった口調で真実を告げた。

桜子の本当の生まれ。血はつながっていないけれど、大事で愛している、とも。

後から知ったことだが、養子縁組を幼い頃にした場合は、できるだけ、本人に告知した方がいいと言われているらしい。でも、桜子は知りたくなんかなかった。

その頃は、愛佳が佳恵のお腹《なか》にいた。佳恵が、奇跡的に妊娠してできた子供だった。

(赤ちゃんも、そうなの？)

困惑《こんわく》しながら、膨《ふく》らんだ佳恵の腹を見つめて聞いた桜子に、佳恵は首を振った。

(でも同じくらい大好きよ)

同じ？　同じくらいって、どのくらい？　桜子にはよくわからなかった。

五歳のあの夜から、わからないままずっと過ごして、実母から手紙が来るようになったのは一年前だ。病気を患《わずら》っていて、一度でいいから、自分が産んだ娘に会いたい、と。

会うつもりはない。きっと鬼のような顔をしているんだ。産んだばかりの自分の娘を、顔も知らない他人にあげることができるくらいだから、きっと、恐ろしい鬼のような。

遺伝、という言葉が浮かんだ。

五歳で告知を受けるより、半年くらい前のある出来事を、桜子は覚えている。

桜子はリビングで、積み木で遊んでいた。佳恵がそばにいて、洗濯物を畳んでいた。

ふと妙な気配を感じて顔をあげると、佳恵が目に涙をいっぱい溜めて、桜子を見ていた。正確には、積み木を持っている桜子の手を見ていた。震える声で、佳恵は言った。

「まあ、まあ、桜子ちゃんの指は、長いのねえ」

桜子はただ、ぽかんと母が泣く様子を見ていた。

母が泣いている理由がさっぱりわからなかった。佳恵は、

「違うのねえ、そんなところが、こんなにもはっきりと」

そう言って、畳んでいたタオルを顔に当てて嗚咽《おえつ》を漏《も》らした。桜子は慌《あわ》てて母を慰《なぐさ》めた。泣かないで、とか、お腹が痛いの？　とか。佳恵は嗚咽まじりに謝るばかりだった。

今では、彼女が泣いた理由がわかる。愛佳が生まれて、はっきりと理解した。

愛佳は、いろんなパーツが、佳恵にそっくりだった。髪、肌の色、顔の形、鼻の形……それからもちろん、手の形。

わたしは育ての母から、何ひとつもらわなかった。わたしが実母からもらったのは、この鬼のツノなのだ。だから妙に納得した。

しかし、話はそう単純なことではなかった。

その日はピアノ教室があり、急いでいたが、放課後、担任の小野早苗《おのさなえ》に頼まれて、プリントのコピーを手伝った。

桜子はクラス委員だ。本当は嫌だったけれど、事情があり、年度の初めに決まってしまったのだ。男子のクラス委員は紫生《しき》だが、一緒に何かをすることは、実際にはほとんどない。用事を頼まれた時、桜子は極力ひとりでするし、紫生もそうしているようだ。その暗黙のルールが助かっている。この日の手伝いは、十五分くらいで終わった。

「ありがとうねえ、月島さん。いつも本当に助かるわ」

早苗に感謝され、「これ、内緒ね？」と、小包装のクッキーをもらった。

桜子はそれを、帰り際《ぎわ》、昇降口のゴミ箱の中に押し込んだ。その時、

「月島さん」

突然、背後から声をかけられ、心底驚いて振り向いた。水瀬和葉《みなせかずは》だ。よりによって、こんなタイミングで。見られただろうか。今、捨てたもの。

「ちょっとそこまでご足労願える？」

時代がかった物言いに面食らって相手を見ると、さらに。

「きっと困っているだろうと思って。わたしなら相談に乗れるから」

「？　なんのこと」

「ここ」

白い手が伸びてきて、桜子の額に触れる。桜子は、びくっと肩を震わせた。

「変化が始まったでしょう？　そのままでいると、取り返しのつかないことになるから」

「と、取り返しのつかないことって？」

なぜ、どうして、という疑問ばかりが渦巻く。これは、鏡にしか映っていないはずなのに。今日はトイレで手を洗う時も、できるだけ顔を伏せて、誰かに鏡ごしに見られないように注意した。それなのに。

「わたしには見えるの」

なんでもないことのように、水瀬和葉は言う。

「ど、どうしてよ」

「そういう、生まれだから？」

「生まれって」

和葉が桜子の手を取る。昨日と同じように。小さくて華奢《きやしや》なのに、不思議と力強い手が。

「行きましょ。みんなが、もう待ってるから」

連れていかれたのは、校舎西側にある、あの体育館建設予定地だ。ガードフェンスの手前に、見覚えのある顔がいくつもあった。周防《すおう》紫生。土田《つちだ》千香《ちか》。門倉翔平《かどくらしょうへい》。同じクラスの三人が、それぞれ、気まずそうな様子でそこに立っている。

「お待たせしました」

和葉の声は畏《かしこ》まっている。集まったのは、桜子も入れると全部で五人。

「あの、あたし、塾行かなくちゃいけないんだけど」

千香が思い切った様子で言う。俺も、と翔平が続く。

「行かねーと親に連絡行って、こえーからよ」

そういえば、部活を引退した瞬間に親に塾に放り込まれたと、翔平がクラスでぼやいていた。中学三年の秋で、年が明けたら受験がある。生徒の多くは、塾に通っている。

「でも、それどころじゃないと思うの、皆さん」

「どういうこと?」

聞いたのは紫生だ。

「このメンバー。みんな……そういうってこと?」

桜子は、ぎくりとした。和葉は頷《うなず》き、制服のポケットから手鏡を出す。

「他の人のものも見てみたら?」

あっ、と声をあげたのは翔平だ。

「みんなそうなのか？　俺だけじゃなかったんだ」

みんな、そう。つまりここに集められたみんな、額にツノが生えている？

「見なくていいよ」

紫生が、少しぶっきらぼうに言った。

「同じなんだろ？」

「同じよ。今のところは」

「い、今のところって？」

千香が上ずった声で聞く。

「あたしたち、これからどうなっちゃうの？」

「変化は、人それぞれよ」

和葉は落ち着いた声で答える。

「ほとんどの人は、まず、ツノが生え、次に牙が生える。口が裂けるのが先の人もいるかも。それから皮膚の色が変わって、血の色も変わって、爪が伸び、眼球が飛び出してくる」

「そんな。それって、鏡の中だけのことなんでしょ？」

青くなった千香に、和葉は首を振る。

「そこまでいったら、完全に鬼化する。もう、周囲にもわかってしまうくらいに」

「なんでそんなことまでわかるんだよ」

翔平が唸《うな》るように聞く。

「おまえ、いったい何なんだよ」

「そうよ。なんで、あたしたちのこと、わかったの？　まるで見えているみたいに」

「見えているから」

和葉はなんでもないことのように答えた。

「昔から、鬼になりそうな人間がわかってしまうの」

「お、鬼って、あの鬼のこと？」

「それ以外ある？」

なんでも見透かしてしまいそうな和葉の瞳は、今日も、やっぱり綺麗だ。

「水瀬さんも、そうなの？」

桜子はようやく口を開き、聞いた。

「額に、その……あるの？　わたしたちと同じように？」

「わたしは、あなたたちとは少し違うかな。ただ、見えるだけで」

「どうして？」

全員が、和葉を見る。この、奇妙な気配の小さな少女を。

「わたしの故郷は、長野県の戸隠《とがくし》にある、鬼無里《きなさ》で」

「きなさ？」

「家は古くからある神社でね。先祖代々、鬼守《おにもり》と呼ばれる神職に携《たずさ》わってきたの。昔からの、そういう因縁《いんねん》があって、鬼が見える」

因縁って、なんだかすごい言葉だ。突拍子《とっぴょうし》もない話でさえ、信じてしまいそうになる。

和葉はさらりさらりと続ける。

「父がね、民俗学者で、鬼の研究と調査をしているの。で、ここでは夏から調査しているんだけど、どうにも、鬼に直接つながるものが見つけられない。それで、わたしが手伝うために、転校してきたの」

確かに中学三年生の二学期に転校してくるなんて、めずらしいとは思っていた。

「鬼……を、見つけるために？」

「そう」

全員が沈黙し、それから、千香がうかがうように聞く。

「なんでわざわざ転校してきたの？　大変でしょ？　転校って。わかんないけど」

「鬼が、この学校内に忍び込んだみたいだから」

和葉はそう言って、一人ひとりをじっと見た。桜子の心臓が早鐘《はやがね》を打つ。みんな同じだと思う。みんな、額のツノを見破られている。

「どうして、うちの学校？」

千香に問われ、和葉は、工事途中の、無残に掘り起こされた地面を見やった。

「この場所には、昔、鬼を封じ込める大磐《おおいわ》があったはず」

あ、と翔平が反応する。

「ばあちゃんが言ってた。もともとここには古い神社があって……黒鬼塚《くろおにづか》？　っていう岩の祠《ほこら》があったってよ。子供の疳《かん》の虫って言うのか？　その岩にお願いするとなくなるって」

「昔は鬼の恐ろしさを利用して、子供の疳の虫を鎮《しず》めようとすることが行われてたの」

「でもその神社、二十年くらい前にこの学校を建てるために、新町《しんまち》の方に強制的に引っ越しさせられたんだろ？　年寄りたちが反対したけど、ダメだったって。俺のばあちゃん、迷信深いから、いつかきっとバチが当たるなんて言ってたけど……まじかよ」

「あ、あのさ」

千香が早口に言う。

「うちらが入学した後に始まった体育館工事さ、工事関係者が次々に具合悪くなったり、死んだ人もいたよね。遺跡だか人骨だかが出てきて、工事がいったん中止になったって」

遺跡のようなものが出てきた、ということは、桜子も聞いたことがある。専門家を呼んで調査するとも聞いた気がする。それが和葉の父ということか。

「ねえ、つまり、その岩の呪いで、あたしたちがこうなってるってこと?」

和葉は、ぶんぶんと首を振った。

「神社や岩が直接の原因というよりも。おそらく、大きな木がここにあったと思うけれど。それを撤去《てっきょ》したことで、門を守るものがいなくなり、鬼が入り込んでしまったみたい」

そこに、と言って、和葉の指が、背後の校舎を指差した。ちょうど、3年2組の教室のあたりを。やだ、と千香が涙声になった。

「やっぱり信じられない。あまりにも突然すぎるよ、そんなの」

「突然、でもないわ」

和葉は否定する。

「今年の初めに、この学校で、事件があったでしょう」

全員が、すぐに思い当たった。

北棟《きたとう》四階の踊り場から飛び降りた、三年生の女子。名前は、瀬戸望美《せとのぞみ》。身を投げる直前に、自分のクラスで、刃物を振り回して女子数人に斬《き》りつけた。その子たちは幸い軽傷ですんだけれど、望美は教室を飛び出し、そのまま身を投げて死んでしまった。

「鬼に追いかけられ、とうとうつかまりそうになったの。それで、自分も鬼になってしまうところだったの」

　和葉は悲しそうに言う。

「もうほとんど鬼になってしまって、恨《うら》みを抱く相手を殺そうとしたけれど、自分の変化に耐えきれず、死を選んだの。そうでなければ、ほかにも、被害者が出ていたと思う」

「つかまって、完全に鬼になったら、どうなるの？」

　千香が震える声で聞く。そうだ。もし、鏡の中の変化が、現実のものになったら。もし、夢の中で追いかけてくるあいつにつかまったら。

「昔話と同じことが起きるわ」

「昔話って」

「鬼は、みんな退治されてしまうでしょう。人間は違いを嫌う生き物だから。自分たちと違う容姿のものは、それだけで、忌《い》み嫌われ、石を投げられ、狩られてしまう」

　桜子は、急に苦しくなった。人間は違いを嫌う。

（まあ、まあ、桜子ちゃんの指は、長いのねえ）

　苦しかったけれど、我慢した。目の奥がひりついて、痛みを逃すために、数回、ゆっくりと瞬《まばた》きをする。泣かない桜子の代わりに、わっと顔を覆《おお》って泣きだしたのは、千香だ。

「そんなの、ひどいよ。あ、あたしがどうしてこんなことに」

「あなたが心の中に鬼を飼っていたから」

和葉は、容赦《ようしゃ》がない。桜子だけではなく、紫生や翔平までもが、ぎくりとした顔をした。

「みんな、そう。心の中に隠して飼っていた鬼が、大きくなりすぎて、封印から解き放たれたモノに反応してしまったんだと思う」

「どうすればいいんだよ」

翔平がめずらしく弱ったような顔で聞く。

「どうすれば、ツノが消えるんだ？」

「あなたたちは、まだ鬼化が始まったばかり。本物の鬼は、背後にいる。もうあなたたちを見つけてしまった。その鬼に追いかけられ、つかまってしまうと、取り返しがつかない」

和葉が昨日言っていたのはそういうことか。まじかよ、と翔平がまた呟《つぶや》く。

「俺、昨日、夢ん中で、何かにすげー追いかけられたんだけど」

「あ、あたしも」

千香が泣き止《や》み、桜子と紫生を見た。桜子と紫生は、同時に小さく頷いた。

「学校でだろ？」

「そう、学校」

つまり、みんな、同じ夢を見ている。真っ暗な夜の校舎で、鬼ごっこをしている夢。

つかまったら。完全に鬼になる？　自殺した瀬戸望美と同じように、誰かを傷つけるか、自分で死を選ぶか、そういう選択を迫られる？

「鬼は、寂《さび》しくて苦しい人間に、自分のことが大嫌いな人間に、取り憑《つ》くもの」

和葉は昨日と同じことを言った。

「自分の問題と向き合って、これ以上鬼化が進まないように努力して。それができるのは、自分しかいないから。そして夜は、夢の中で、鬼につかまらないように」

それから、と和葉は声を少し低くして、続けた。

「鬼に心を搦《から》め捕《と》られた人間は、あっという間に、闇に堕《お》ちてしまうもの。だから、じゅうぶんに気をつけて」

4

気をつけて、とは、どっちに対してだろう、と桜子《さくらこ》は考えてしまう。

追いかけてくる鬼？　それとも、桜子のツノに気づいて狩ろうとする人間に対して？

「桜子ちゃん、今日、ちょっと調子悪いわね」

ピアノのレッスンの途中で、先生が眉をひそめて指摘した。

「……すみません」

桜子が通うのは住宅街でピアノ教室を開く佐藤祥子《さとうしょうこ》先生のところで、四歳からずっとここで世話になっている。桜子は他に、隣駅の有名な講師のところにも月に二回程度通っている。祥子先生の紹介で、月謝は嵩《かさ》んだが、両親は快《こころよ》く払ってくれている。

（桜子には才能があるもの）

佳恵《よしえ》は嬉しそうだった。あたしは？　と聞く愛佳《あいか》のことは笑ってあしらっていた。

ありがたいのに、辛《つら》い。本来ならば到底できないような暮らしをさせてもらっているのに、愛佳と分け隔《へだ》てなく育ててくれているのに、苦しい。

ピアノが弾けること、上手と褒《ほ》められること、それさえも最近は苦しい。

「……ちょっと休憩しましょうか」

とうとう、祥子先生が言った。音を何度も間違えてしまう。桜子は素直に楽譜を閉じた。

「次の子が終わるまで待ってて。その後で、気持ちが大丈夫なら、続きをやりましょう。お母さんに電話しておきなさい」

「はい」

うなだれた桜子の肩を、祥子先生はぽんぽん、と叩いて笑う。

「まあねえ、桜子ちゃん。先生だってピアノを弾きたくない日はあるわよ。生徒さんには申し訳ないけれど、今日はいちにち寝てたいわー、ってなる日もあるの」

初老のこの先生のことが、桜子は昔から好きだ。桜子がピアノを好きになれたのは先生がいつも優しく、決して無理強《じ》いせず、楽しい指導をしてくれたからだ。

「ほら、美味《おい》しいチョコレートを出してあげるから。甘いものでも食べて、待っててね」

グランドピアノが置いてある部屋の隣が、佐藤家の居間になっている。早く来た生徒は、そこで自分の番が来るのを待つことになっていた。

ドアを開けて居間に行った桜子は驚いた。紫生《しき》がいたからだ。

紫生は、桜子を見て、ちょっとだけ気まずそうな顔をした。

「今週から木曜日になったんだ」

気の利《き》いた返事が思いつかなくて、桜子は、ただ、「そうなんだ」とだけ返す。

それから紫生はレッスン室に入っていき、桜子は、彼が練習するのを聴いていた。

ガーシュウィンの『ラプソディインブルー』……紫生にぴったりという気がした。

祥子先生のレッスンが終わって家を出ると、すでに夜の七時半になっていた。

道の角のところで、紫生が、桜子を待っていた。

「話があって」

桜子は頷《うなず》き、どちらからともなく、すぐそばにある、児童公園に足を向ける。

このあたりは、ふたりとも馴染《なじ》みの場所なのだ。

桜子が通っているピアノ教室に紫生も、確か小学校三年生くらいから通っていた。

「あのこと」があるまでは、仲が良かった方だと思う。

ピアノ教室が同じということもあったし、紫生は今よりずっと明るい感じで、気安くて、話しかけやすかった。もっとも桜子の方こそが、変わってしまったのだろう。

桜子も、家ではいろいろ思うことはあったけれど、少なくとも学校では、明るく振る舞っていた。友達も普通にいたし……小学生ながら、親友と呼べる女の子もいた。

「月島《つきしま》さ」

ずっと黙って、少し前を歩いていた紫生が、公園の手前で口を開いた。

「背、伸びたよね」

「……周防《すおう》もね」

「制服買い換えなくちゃならなくなって、親に文句言われた」

「そうなんだ」

昔は、もっとたくさん話していた気がする。学校でも、ピアノ教室でも。会話の内容は他愛ないことばかりで、テレビ番組のこととか、好きな音楽のこととか、家族の愚痴とか。

でもどうやってそんな風に自然に接していたのか、その方法を、桜子は思い出せない。

公園に入ってすぐのところにある、大きな樫《かし》の木の下で立ち止まった。ベンチもあるけれど、どちらも座ろうとしなかった。紫生が、少し硬い声で切りだす。

「月島。心当たり、あるの？」

何を聞かれているのかわかった。そもそも、その話をするために、桜子のレッスンが終わるのを待っていたのだろう。桜子は「うん」と答える。

「それは、言いたくないこと？」

「……周防だって、言いたくないでしょ？」

「俺の場合は、自業自得かも、とは思ってる」

「どうして？」

「ずっと……ひどいことしてきたから。女子に」

そこで桜子は、三日くらい前の、昼休みのことを思い出した。紫生は廊下に呼び出されていた。５組の、安藤菜々《あんどうなな》さん。学年で一番可愛いと、入学当初から騒がれていた子に。

「告白されて断ったら、ひどい人になるの？」

「断り方がひどいって言われて」

「そんなにひどい振り方したんだ」

「自分ではそうは思わないけど」

告白なんて、今までに何度もあっただろう。桜子も、何度か、女子に聞かれた。月島さんって、小学校、周防くんと一緒なんでしょう？　周防くんって、どんな女の子が好きとか、聞いたことある？　桜子は曖昧《あいまい》に笑って知らない、と答えた。あんまり関《かか》わったことなかったから、と。でも、知ってる。どんな女の子が好き？

どんな女の子も、紫生は好きではない。正確には、どんな人間のことも、好きではない。

「できるだけ傷つけないように、ごめんって謝っただけなんだけど。受験も近いし、そういうのは考えられないからって」

紫生がどんな風に女子からの告白を断るのか、桜子は知っている。

ごめん、気持ちはすごく嬉しいけど。ありがとうな。優しい顔と声で、しっかりと相手の目を見つめて、断る。大抵の女子は、それでさらに紫生のことが好きになってしまう。

「安藤さんは、なんて？」

「泣かれたんだ。自分のどこが嫌いなのかって」

「嫌い、か」

「うん。嫌いとかじゃないって、何度も言ったんだけどさ」

「好きの反対は嫌い、だと思ってるんだ」

「そうかも」

「違うのにね。好きの反対は、どうでもいい」

「けっこう言うね。昔からそうだっけ？」

「ううん。昔は、友達の顔色うかがって、あんまり本当のことが言えなかった」

「今は？」

「今は友達いないから」

紫生は、すると眉をひそめた。

「そういう悲しいこと言うなよ」

「悲しくない。今の方が、ずっと楽」

紫生はどうして、そんな悲しそうな顔をするんだろう。優しい紫生。冷たい紫生。ひどい紫生。そして、やっぱり優しい紫生……。桜子はふい、と目線を外す。

「で？　安藤さん、ほかにはなんて？」

「けっこうしつこくて。一度だけ一緒に帰ってもらいたいとか、一度だけ休みの日に遊んでほしいとか。自分をもっと知ってくれれば、きっと好きになってもらえるからって。もしもタイプじゃなかったら、好きになってもらえるよう努力するしって」

それは、桜子でも嫌かもしれない。そういう問題じゃないのに。

「周防はなんて言ったの」

「じゅうぶん可愛いと思うし、性格も変える必要ないだろうし、ほんとごめんって。そうしたらさ、ちょっと興奮状態になって、めちゃくちゃなこと叫びだした。俺みたいな男は、女子の恨《うら》みを買って、ろくな人生歩まない、そのうちバチが当たるから、覚えてろってさ」

「……すごいね」

「まあでも、実際にバチは当たったたってことだよな、昨日の夜」

紫生も、昨夜、変化があったのだ。安藤菜々の毒を含んだ言葉を投げつけられて、その直後だから、そう思うのも無理はないかもしれない。でも、桜子は違うと思う。

「女の子を次々に振るから、バチが当たったとかじゃないと思う。誰と付き合うとか、誰を好きになるとかって、そんなの個人の自由だし。もしもバチが当たるんだとしたら……周防が、その時、考えてたことのせいじゃない？」

紫生の顔から表情が消える。桜子は、じっと彼を見つめて言う。

「周防は、その状況を楽しんでた。違う？」

紫生も、桜子を見つめ返してくる。

「月島、何言ってんの？」

「自分に告白してきて、勝手に興奮して泣きだして、めちゃくちゃなことを言いだした安藤さんの顔とか、冷静に見ながら、心の中で笑ってた。くだらない、とか、滑稽《こっけい》とか、そんな風に。口では優しい言葉をかけながら、バカにしてた」

「ひどいな。俺のこともそんなやつだと思ってんの？」

「うん。なっちゃんの時、それを知ったから」

小学校の高学年で親友になった染谷夏乃《そめやなつの》。放課後はいつも一緒に遊んだし、互いの家にお泊まりもした仲だった。夏乃は紫生のことが好きで、好きで、思い切って告白した。桜子はついてきて、と頼まれて……一部始終を見させられた。

だから知っている。紫生が、あの時も、真っ赤な顔をしたなっちゃんのことを、奇妙に冷めた目で見下ろし、バカにしていたことも。

「やっぱり、染谷のことで、俺のこと恨んでたんだな」

「恨んでたっていうより、二度と近づかないように気をつけようと思って」

（紫生くんは、じゃあどんな女の子が好きなの？）

泣きながら聞いた夏乃に、紫生は、急に思いついたような顔を一瞬だけして、微笑むと、後ろにいた桜子を見たのだ。桜子、とは答えてない。指も差されていない。ただ、見られただけ。それなのに、夏乃は桜子を振り向いた。驚愕《きょうがく》の表情で。

次の日から、桜子は、それまでいた女子のグループ内で、仲間はずれにされた。

朝、いつも一緒に登校していた夏乃が待ち合わせ場所に現れなくて、欠席かなと思って学校に行くと、夏乃は教室にいた。女子数人と、桜子の机の周りに集まっていた。おはよう、と桜子が違和感を覚えながらも声をかけると、一瞬で彼女たちは散った。

桜子は自分の机を見た。マジックで、男好き、裏切り者、死ね、等々、書かれていた。

「本当に今更だけど。周防は別に、わたしのこと、好きなんかじゃなかったよね」

紫生は束の間《つかま》沈黙したのち、観念したように、肩をすくめた。

「まあ、好きというのとは違った」

「知ってたよ。わたしを見た時、周防、笑ってたし」

紫生は、さらにわかっていたはずだ。夏乃や他の女子が、どういう行動に出るのか。

「ずっと不思議だった。それまで、少しは仲良かったつもりだったから。どうしてそんなことをしたんだろうって。でも、中学に入って、今また同じクラスになって、わかったんだ。周防は、女子という生き物が嫌いなんだって。憎んでさえいるんじゃないかって」

紫生に関する噂《うわさ》は、嫌でも聞こえてきていた。紫生に告白したり、馴れ馴れしくする女子が、仲間はずれにされたり、大げんかになって取っ組み合いになり、自宅謹慎になったり。渦中《かちゅう》にいるはずの紫生は、涼しい顔をして、それを遠巻きに見ている。まるで他人事《ひとごと》のように。そしてやっぱり、笑っているのだ。笑っているのを直接見たわけじゃないけれど、すべてのエピソードが、六年生の時の、あの夏乃の告白シーンにつながってしまう。

「決めつけじゃない？」

「じゃあ、違うって言える？」

まっすぐに見つめて問うと、紫生はあー、と空を仰ぐようにした。

「バカか、とは思うよね。俺のことなんも知らないのに、一方的な思い込みだけで、好きになるなんてさ。少し優しくすると、すぐ好きになって、すぐ告白する。簡単すぎるでしょ。そんな自分の妄想《もうそう》で突っ走る女なんか、本気で相手する価値もない。どうせ一ヶ月後くらいには、他の脈があるやつのこと好きになって、また告白とかするに決まってる」

凶器のようだ、と桜子は思う。紫生の顔も、言葉も。相手を傷つけて、抉《えぐ》って、殺してしまいそうなほどに。桜子は、ひとつ息を吸い込み、そっと吐いた。

「そういう本音を隠して表面だけ優しい言葉にするから、安藤さんには通じなかったし、毒を吐かれたんじゃないの？」

「じゃあなんて言えばよかったのさ」

「迷惑だって。可愛いとか、友達としては、とか、中途半端な優しい言葉いっさいなしに」

「月島は、そう言ったんでしょ？」

「わたし？」

「3組の金子《かねこ》。二年の時、月島に思い切って告白したら、再起不能な言葉で断られたって」

思い出した。同じクラスだった金子良平《りょうへい》。クラスでも目立つ方の男子で、夏休み前にいきなり、一緒に花火大会に行こうと誘われた。行かない、と答えると、好きだと言われた。付き合ってほしいとも。桜子は言った。「ごめん、わたしは金子が好きじゃない」。金子は真っ赤な顔をして、一瞬だけ桜子を強く睨《にら》みつけると、黙りこくったまま行ってしまった。

「よく知ってるね」

「有名だから。男子の中で、月島、綺麗だけど冷たすぎるって」

桜子は薄く笑う。

「綺麗じゃない。醜《みにく》いよ、誰よりも」

はっきりとした言葉で好意を退《しりぞ》けるのが冷たいと思うのなら、それでもいい。実際の桜子は、自分の中でどうしようもなく暴れている熱いものを、持て余しているのに。

「どうしたの」

紫生はまた、あの心配そうな顔になった。

「どうして、そんな風に自分のことを思うようになったわけ」

特別養子縁組をした人は他にもいる。だから、そのせいにばかりできない。

「月島は……、自分があまり好きじゃないの？」

「好きじゃない」

そっか、と紫生は軽く息を吐いた。

「じゃあ、俺と同じだね」

小学校の頃から変わらない、整った顔。涼やかな瞳で、じっと見つめられ、優しい言葉をほんの少しその唇に乗せれば、ほとんどの女の子は夢中になる。

それを、紫生自身もわかっている。自分がどんなに容姿に恵まれていて、普段の所作《しょさ》のひとつひとつが、人を惹《ひ》きつけてやまないか。

「わたし、紫生は、誰よりも自分が大好きな人間かと思ってた」

思わず呟《つぶや》くと、紫生は少し驚いたように目を開いた。

「あ、ごめん……それこそ、知った風なこと」

「ちがくて」

紫生は笑った。少し照れたように。

「下の名前で呼んだ」

しまった。あんまり意外なことを言うから、つい、距離感を忘れてしまった。

「久しぶり。うん、嬉しいかも」

桜子は苦々しい顔をする。

「そういうセリフを、ぽん、と言うから、好きになっちゃう女子が出てくるんだよ」

「でも桜子は、俺を好きにはならない」

紫生も下の名前で呼んだ。桜子は真面目《まじめ》な顔で頷く。

「大丈夫。というより、誰のことも好きにはならない。そういう意味では、紫生と同じか」

「そういうのって、楽だな」

紫生は言った。

「俺が優しいとか、女子は言うけど、俺は優しくない。表面だけの優しさなら得意だけど。たいていの女子には、いやおまえ死ねよって思ってるし」

紫生が隠してる感情は、凶器そのものだ。傷つき、騒ぎを起こし、さらに傷つく女子を見て喜ぶ。死ねよと思う。そうか。だからこそそのツノなのだ。鬼に魅入《みい》られるだけの理由はある。

「でも桜子は、表面だけ優しくしても騙《だま》されないし、うっかり本当に優しくしても、俺を好きになったりしない。そういうのって、助かる」

他の男子が言ったセリフなら、自意識過剰で傲慢《ごうまん》だろう。でも紫生は許される。

「大丈夫。好きにならない」

「俺も。絶対に、桜子のことは好きにならない」

うん、と桜子は少し目線を落とす。

わたしたちは似ている。好きにならない、という線引きが、こんなにも安心する。

（血は繋がっていなくても、大好きだし、愛している。とても大事よ）

遠い日の言葉より、よほど安心できる。

「どうして、鬼になりはじめたのか、わたしわかる気がする」

目線を上げる。風が出てきて、紫生の長い前髪を乱す。その額《ひたい》には何もないように見える。でも鏡に映せば、そこには、桜子と同じ白いツノがあるのだ。

「水瀬《みなせ》さんが言ったように、自分のことが好きじゃないからだね。それで、自分のことが好きじゃないから、誰のことも、好きになることはできないんだね」

「じゃあ、自分を好きになれれば、ツノは消えるのか？」

「そうかもしれない」

紫生は笑う。どきりとした。こんなに暗い微笑を浮かべる紫生を見たのは初めてだ。

「それなら、俺には無理かも」

「わたしよりは……可能性、あるんじゃない？」

「なんで？　俺たちみんな、それぞれの事情があって、自分が嫌いなんだろ。それは、あいつ、水瀬も言ってたけど、自分で解決するしかない」

「それが無理そうなの？」

「桜子は？」

問われ、桜子は黙り込む。爪の先が手のひらに食い込むほど、拳を握りしめた。

もしも生まれ変われるなら。誰かの本当の子供として、なんの疑いもなく、日々を生きることができるのなら。自分を好きになれるのだろうか。

「あのさ」

紫生が、そっと桜子の、握りしめた拳を手に取り、開かせる。

「もしかしたら。誰かが本当の自分を少しでも認めて、受け入れてくれたら、自分を好きになれるんじゃない？」

「本当の自分？」

「桜子が言うところのさ、醜くて、汚くて、ずるい自分」

「紫生が言うところの、優しくなくて残酷な自分？」

「そう。桜子さ、昔、五年の最初くらいの時、この公園で暗くなるまで、四つ葉のクローバー探してたことあっただろ？　覚えてる？」

桜子は目を見張った。そういえば、そんなことあった。

「覚えてるよ。紫生が通りかかって、一緒に探してくれたんだよね」

「担任の柳沼《やぎぬま》先生が産休入る前に、具合悪くなって入院してさ。お見舞いに持ってくって」

そうだった。柳沼先生は、三十代半ばくらいの女の先生で、お腹《なか》が大きくなっても教壇に立っていた。明るくて、優しい柳沼先生が、桜子は好きだったけれど、日々大きくなってゆくお腹を見るのが苦しかった。

「桜子、あの時と変わってないよね？　だから、冷たいやつなんかじゃないでしょ？」

目の奥が痛い。泣きたい。叫びだしたい。代わりに、桜子はかすれた声で真実を告げる。

「違うよ。紫生がどう思ったか、想像はつくけど、全然違うよ」

「なにが」

「わたし、先生のために四つ葉を探したんじゃないの。自分のためだよ」

あの頃、いやだった。大きなお腹を誇らしそうに、幸せそうにしている先生を見るのが。

わたしもそんな風に生まれてきたかった。

でもわたしは、きっと、疎《うと》まれて、この世に生を享《う》けたのだ。

柳沼先生が、先生の子供として生まれてくることができる赤ん坊が、心底羨《うらや》ましかった。

「赤ちゃんなんて、生まれてこなくていいのにって、思っちゃったんだ。そうしたら、次の日に先生が、学校で出血して、そのまま入院しちゃった」

「うん」

「わたしのせいだって思った。それで、自分の罪の意識から逃れたくて、四つ葉を探したの。神様、赤ちゃんを助けてって、先生のためじゃなく、自分のために祈ったんだ」

「知ってた」

知ってた？　知ってたって、どういうこと？　驚いて言葉を失う桜子に、紫生は言う。

「あの頃、女子とか、よく柳沼先生の腹を触りに行ってただろ。でも桜子、絶対に行こうとしなかった。先生が桜子を手招きして、月島さんもおいでって言った時、桜子、逃げた」

そうだった。お腹の赤ちゃんが動くのがおもしろい、可愛いと言って、ほとんどの女子がよく柳沼先生の周りに集まっていた。でもそんな時、桜子はそっと距離を取ってそちらを見ないようにしていたのだ。そんな桜子の様子に気づいて、柳沼先生が声をかけてくれたのに、桜子は「いいです」と言って廊下に出てしまった。

そのまま、逃げるようにトイレに駆け込んだ。トイレの中で、赤ちゃんなんか生まれてこなくていいのに、と思った。その翌日、柳沼先生は入院した。

「知ってたの？　知ってたのに、なんで？」

「桜子が、一生懸命四つ葉探してたから。人に対してひどいことを思う桜子がいる一方で、優しい桜子もいて、きっとその両方が戦って、優しい桜子がほんの少し勝ったんだなって」

そんなの高く評価しすぎだ。でも。でも――。

思い出す――。日がどんどん落ちて暗くなってゆく公園で、四つ葉のクローバーは、なかなか見つからなかった。祈るような気持ちだった。

あの時、確かに、もう、自分の罪のことなど考えてはいなかった。

ただひたすら、柳沼先生が、無事に赤ちゃんを産めるようにと、祈りながら、必死に、四つ葉を探した。柳沼先生は、そのまま入院して、翌月、無事に男の子を出産した。

「俺もさ、ぎりぎりのところで、自分と自分が戦う時がある」

優しいのも紫生。残酷でひどいのも紫生。その両方。

「普通に、単に優しくて四つ葉を探してるっていうんだったら、たぶん俺、手伝わなかったと思う。でも、桜子が、なんかギリギリな感じで柳沼先生見てたの、知ってたから」

「紫生の中でも、優しさが勝った？」

「っていうか……気になって」

そういうのを、優しさという。

「優しい方の桜子、俺が見つけるよ。そうしたら、きっと鬼にはならない」

それはきっと難しい。五年生の頃より、さらに、桜子は歪《ゆが》んでしまっている。

「見つからなかったら？　水瀬さんが言ってたじゃない。この先、もしかしたら、本当の鬼になるって。そうしたら、誰かを殺すか、誰かに狩られて死ぬしかないって」

紫生は、ふと、瞬《まばた》きもせずに、じっと桜子を見つめた。桜子も黙りこくって、相手の瞳を見つめ返す。

「桜子さ、もしそうなったら、どっちを選ぶ?」

「鬼になって誰かを殺すか、自分が死ぬか?」

「そう」

「そんなの……自分が死んだ方がいいに決まってる」

「だよね。俺も」

紫生はもしも、と続けた。

「俺が完全に鬼になりそうになったら。なんかやらかす前に、桜子が止めて」

「どうやって?」

「殺して」

低く、はっきりとした声だった。

「桜子が。俺のこと、殺して」

虫の音《ね》が止《や》んだ。すべての音が遠ざかり、お互いの心臓の音が聞こえた気がした。

「わかった」

気づけば、桜子は答えていた。

これも紫生の、新しい罠《わな》なんだろうか。桜子を見る瞳は優しく、あの頃となにひとつ変わらないように見える。変わったのは、本当に、背丈《せたけ》だけなんだろうか。

いつか。紫生が言うように、自分を好きになることができたら。誰かのことを、好きになることができたら。ツノは消えて、鬼にならずにすむのだろうか。

「わたしの場合も、そうしてくれる?」

紫生は静かに頷いた。互いに互いを殺す。恐ろしいはずの約束が、心を強くする。ひとりじゃない。紫生と……それから、少なくとも、もうふたりは、同じ闇を抱《かか》えている。

桜子は、不安よりも、安心の方が、強いような気がするのだった。

※

水瀬和葉《かずは》はいつもひとりだった。

物心ついた頃から、大勢の人間がよく和葉に会いに来たけれど、ほとんどは大人で、同じ年頃の子供と接した機会など数えるほどしかない。

だから、今の状況は、和葉にとって、とても新鮮だ。

同じ年頃の少年少女たちが、あんなにたくさん、狭い場所で机を並べて勉強するなんて。

「ただいま」

父が短期の契約で借りたのは、古い木造家屋だ。通り一つ隔《へだ》てた向こうには新築の綺麗な家が立ち並んでいるけれど、こちらは土地開発の前からある住宅がほとんどらしい。

和葉が生まれ育った田舎《いなか》の家に比べると、狭いし、床はギシギシと鳴るし、天井も低い。しかし、猫の額ほどの小さな庭に面した日当たりのよい縁側、その縁側に座って眺められる古い梅の木は、とても気に入っている。

「お父さん、またそこで寝てるの？」

父親の蓮二郎《れんじろう》が、縁側でうつぶせに寝ている。背中に猫が二匹乗っかって、同じように気持ちよさそうに寝ている。

「あー、和葉、お帰りぃ」

蓮二郎が起き上がろうとすると、猫たちは抗議の声をあげながら場所を移った。

「どうだった？　学校は」

「べつに。普通」

あくびをひとつして、蓮二郎が聞く。

「それはよかった」

蓮二郎が目を見張ってから、にっこりと笑う。

「どうして？」

「和葉は長い間、普通に憧《あこが》れていたんだから」

憧れるもなにも、普通の子供たちがどんな生活をしているのか、本当に知る機会は少なかった。でも、確かに、普通であるだろう今の生活は、なかなか新鮮なものである。

「何か有意義な発見はあったかな？」

蓮二郎は立ち上がり、こちらに来ようとして、鴨居《かもい》に頭をぶつける。

三日に一度は、あれをやっている。和葉はふう、と深くため息を吐いた。

「なんか最近、お父さんがいやだ」

「えっ」

水瀬蓮二郎さんはかっこいい。

なかなか整った顔をしているし、四十五歳には見えないし、背も高いし、お洒落《しゃれ》だし、あの甘くて優しげな目がいいのよねー、と地元の女たちが話していた。

でも、と必ず続きがある。でも、ちょっと困った方よねえ、と。

和葉の父は、なんというのか、生活面における成熟度が見られない人間のようだ。

どうやらそこそこの収入はあるらしいし、外を歩けば見知らぬおばあちゃんに野菜のお裾分けをしてもらえるような、得な人間でもある。動物にも異様に懐《なつ》かれる。

しかし、生活能力が低い。洗面所を使えば常に周囲は水浸《みずびた》し、いきなり月が綺麗だから写真撮ってくるねと言って出かけ、明け方まで帰らない。仕事関係の執筆に没頭している時は三日も風呂に入らなくても平気で、食事を摂《と》ることも水を飲むことも忘れ、明け方ばたんと派手な音をたてて倒れ込み、二日間ほどこんこんと眠る。起きたら起きたで炊飯ジャーで五合もの米を炊き、塩だけをかけてすべて平らげるということをやる。

つまり一緒に暮らしていると、とても疲れる。

社会的には、和葉の父は、国立大の教授職についていて、民俗学の分野ではそれなりに著名な人であるらしい。日本全国の民話を、歴史や地域性の観点からまとめた著作も何冊か出している。今回の依頼も、その関連で頼まれたものだ。

鬼の名に所縁《ゆかり》ある神社の跡地で工事が進まず、付近に障《さわ》りが出ている、と。

実はこうした依頼は珍しいことではない。鬼にしろ神にしろ、場となっている土地に障りが出ると、人が死んだり農作物が枯れたり虫が大量発生したりといった実害が出る。

大抵の場合は、障りの原因をつきとめて、神木と成りうる生命力のある木を植えたり、土地を清めて鬼門《きもん》裏鬼門の道筋を綺麗に整えれば、解決する。

蓮二郎は本業のほかに、そういった副業をかけもちしながら、全国を探し歩いている。

とある鬼の頭蓋骨《ずがいこつ》を。

和葉に母はなく、父とは長い間別居状態だった。都内の大学に勤務する父は、和葉を、長野の鬼無里《きなさ》で養育し、数ヶ月に一度の割合で顔を見にやってくるという生活だった。

和葉は、母方の祖父母に育てられた。水瀬家は代々、鬼無里の水瀬神社の巫女《みこ》を輩出する家柄で、母も巫女だった。そこに民話の研究で訪れた父を、母の方がやや一方的に見初《みそ》め、結婚したのだという。

ただし、婿《むこ》養子という形でだ。水瀬の巫女は、特殊な事情がない限り、鬼無里を離れてはならない決まりだった。

鬼を封印してある五つの鬼塚を守るために。

和葉は物心ついた時には、すでに神事の手伝いをしていた。

地元の小学校や、中学にも通った。しかし過疎化《かそか》が進む山間《やまあい》の村に子供は少なく、小中合わせても児童は常に十人にも満たない。だから今、たくさんの同級生という集団の中で過ごす時間は、和葉にとって貴重で、とてもめずらしいものだった。

和葉は、ふう、とため息をついた。

「お父さんを見ると、せっかく学校で素敵なことがあったのに、その喜びが減ってしまう」

思わず本音を漏《も》らすと、蓮二郎はとたんに嬉しそうな顔になった。

「なにがあったんだ、和葉」

「べつに」

学校に通うようになってから覚えたこの「べつに」という言葉は、けっこう便利だ。自分の考えを説明するのが面倒臭《くさ》い時に、役に立つ。でも、少し教えてあげることにした。

「すごく綺麗な女の子がいて」

和葉を正面から見つめた、あの大きな瞳。だいじょうぶ。まだ、あの子の血は赤い。とても赤い。秋の山肌を覆《おお》う真紅《しんく》の紅葉《もみじ》のように。

「その子と、話すことができたの」

「和葉、今日はお好み焼きにしよう！」

蓮二郎は目をキラキラさせてそんなことを言いだす。

「え？」

お好み焼き。地元を出てから初めて食べたそれは、和葉の好物だ。ちなみにおにぎりもよく食べるが、そちらは好物というより必須栄養源だ。

「でも、昨日もお好み焼きだったんじゃ」

「毎日でもいいじゃないか。それに今日は、お祝いなんだから」

「お祝い？」

「だから。友達ができたんだろう？」

和葉は、大きく目を見張った。そうなのか。和葉は、友達ができたのか。

「お父さん、買い物に行ってくる」

うきうきした様子で玄関に向かう父を、和葉は呼び止めた。

「お父さん、お財布は？」

蓮二郎は手ぶらで出かけるのがほとんどだ。「そうだったそうだった」と言って戻ってくる父を二度見して、和葉はさらに。

「……それから、シャツのボタンが一個ずれてるよ」

ついでに言えば、猫の毛だらけだ。でもそんなことも気にするそぶりなく、父は嬉しそうに家を出ていった。まったく、あれでお洒落だなんて、聞いて呆《あき》れる。

ひとり残った和葉は、縁側越しに、庭の梅の木を眺める。

「友達か」

庭の木は、笑うように葉を揺らす。

和葉はじっとその様子を眺め、今日学校で話した子たちのことを、考えるのだった。

第2章 接近

1

千香《ちか》が知らない話をされるのは、これで何度目だろう。

休み時間になると、理央《りお》の机に集まるのは、いつものことだ。席替えで理央の席がどこになろうと、それは変わらない。短いはずの休み時間が、最近、とても長く感じる。

話は、理央のお母さんのことだった。理央の母親が趣味の延長で始めたネットでのアクセサリー販売が好調とのことで、その話題だった。

「あのクロスのデザインのやつ、マジで可愛いよね」

「そうそう！　色使いがもう絶妙。親に見せたんだけど、欲しいって」

「あたしは星型のチャームがついているやつがいいなあ」

昨日は韓流《ハンりゅう》アイドルグループの話だった。理央と美波《みなみ》が好きなグループだから、千香もテレビに彼らが出る日は欠かさず見ていたし、雑誌に載《の》っていたのを見つけた時は自腹で買って、切り抜いて、理央にあげたこともある。

昨日は、そのアイドルのグッズを買いに行く話をしていて、それがいつの間にか具体的な日取りまで決まっていて驚いた。同時に怖くて、聞こえないふりをするしかなかった。

このままだと、本当にハブられてしまう。千香は勇気を出して、隣にいる沙知《さち》に聞いた。

「なんの話？」

できるだけ明るく、じっとりとした感じにならないよう。できるだけ軽い感じで。それに沙知は千香の幼馴染《おさななじ》みだし、グループの中でも優しい方だから。でもいっせいに話が止まって、全員が、嫌な感じに千香を見た。それから互いに、わざとらしく目配せまでする。

沙知は気まずそうな顔をして、早口に答える。

「理央のお母さんがビーズ教えてくれるっていうから、どんなの作りたいかって話」

「そうなんだ。いつそんな話になったの？」

「千香ってば」

美波が口を挟む。

「こないだグループで参加したい人ーって、理央が誘ってくれたんじゃん」

蘭子《まゆこ》が美波を肘《ひじ》で突《つつ》く。

「だからあ、そのグループはさ」

やば、と美波が呟《つぶや》き、全員が曖昧《あいまい》な感じで笑った。理央がすぐに話題を変える。

「あー、なんか今日湿気で髪やばーい。トイレ行かない？」

行く行く、と言ってみんな移動しようとする。千香が固まっていると、

「千香も行くでしょ？」

沙知が優しい声と表情で誘ってくれる。千香はホッとしてうん、と頷《うなず》き、一番最後からのろのろとみんなについていく。苦しくて、胃液が逆流しそうだ。

つまり、千香が知らないSNSのグループができているのだ。女子六人のグループだったはずが、五人だけの別グループが存在する。

一年生の時も、似たようなことがあった。でもあの時、外されたのは千香じゃなかった。理央と同じように、気が強くて可愛い子が、ある日突然ひとりの女子を気に入らないと言いだして。SNSのクラス女子グループから、その子だけを残して次々退会したのだ。

一年の時よりも、理央のやり方は残酷だ。表立ってハブれば、いじめだと言われてしまうから、表面上は仲良くする。先生にも、クラスの人にもわからないやり方で、陰で千香を外し、そのことを確実に千香にだけはわからせて、反応を楽しんでいる。

死ねばいいのに。またそのセリフを思い浮かべて、千香はハッとした。いけない。理央たちと一緒にトイレに入ることはできない。だって、うっかり鏡にアレが映ったら……。立ち止まった千香に気づいたのは、すぐ前を歩いていた沙知だ。

「どうしたの、千香」

「えっと、あたしは……」

「休み時間終わっちゃうよ。髪とかさないの？」

髪なんて、休み時間ごとにとかす必要なんてある？　本当はそう言いたい。理央がどんなに髪の毛を綺麗にしたって、紫生《しき》の興味を引くことなんかないのに。でも言えない。

理央が気づいて、トイレの入り口のところで振り返った。

「なあにー、千香は。なんかすねちゃってんの？」

くすくすくす、と他の子たちが笑う。

「理央、なんか悪いことしたあ？」

冷たい汗が背中を伝う。理央は笑いながら、怖い目で言っている。トイレについてくることもできないなら、グループから完全に外れてもらうよ、と。

そんなのは嫌だ。もう二学期で、今更、他のグループになんか入れない。みんな仲良しは決まっている。千香はひとりでいられるタイプじゃない。それにクラスの一軍と言われる理央たちのようなグループにいられるだけでも、ステータスが高いのに。

でも、学校のトイレは狭い。入り口正面に鏡があって、入った瞬間に映り込んでしまう。

「あたしは……」

「土田《つちだ》さん」

ふいに、後ろから声がかかった。振り向いた千香は驚いて彼女を見る。

月島桜子《つきしまさくらこ》だ。にこりともせず、千香だけをまっすぐに見つめて言う。

「資料室に社会の教材取りに行くの、手伝ってくれる?」

えー、と声をあげたのは理央だ。

「なんで千香が月島さんを手伝わなきゃなんないのよ。ねえ、千香?」

「あの……」

「週番でしょ?」

え、違う、と答えようとして、千香は言葉を呑み込んだ。

「あー、そっか。ごめん、行ってくるね」

それから逃げるように、桜子とともに歩きだす。なにあれ、と文句のような声が聞こえたが振り向けなかった。桜子の足は、そのまま資料室へと向かう。

「あの、月島さん、ありがとう……助けてくれて」

千香は桜子の隣に並んで礼を言った。

「困ってたみたいだから」

「そうなの。もうさ、先にトイレに入られちゃうと角度的にどうしたって映っちゃうし」

「トイレくらいひとりで行けばいいのに」

と桜子はにべもない。千香の胸の底に、じわりと黒いシミが広がったような気がした。

「みんな、月島さんみたいに強い子ばっかりじゃないから」

「強いわけじゃない。ただ、煩《わずら》わしいのが嫌いなだけ」

「だからひとりでいるっていう選択をする時点で、じゅうぶんに強いの。あ、あたしは臆病だし、ひとりはいやだから」

「気が合わないのに無理をしている方が、ずっと孤独な気がする」

千香はぐっと言葉を呑み込んだ。

それはそうだ。理央たちといればいるほど、自分だけが浮いている気がする。しょせん自分は一軍の女子には程遠い。飛び抜けて可愛いわけでも、お洒落《しやれ》なわけでも、頭がいいわけでも、スタイルがいいわけでもない。でも認めるわけにはいかない。

「そんなことない。休み時間にボッチとか、移動教室もひとりきりとか、耐えられない」

「でもいじめられてるわけじゃないし」

「おんなじだよ。教科書破られたり、上履《うわば》き隠されるのと、同じ。それに一応、グループにいれば、それなりに楽しいこともあるし」

そうだ。夏休みはみんなで渋谷だって行った。みんなで、お揃《そろ》いのトレーナーも買ったし、理央がやってるインスタ映《ば》えする写真だって撮りまくった。

あの時は確かに楽しかった。まだ大丈夫だ。今は理央が気まぐれに千香をいじめようと思いついただけで、みんな理央に逆らうのが面倒だから合わせているだけで、理央が飽きれば、またもとのようになれる。

もしかしたら、ターゲットが変わるかもしれない。そうだ。女子のいじめや悪口なんて、何ヶ月かしか続かない。そこで下手《へた》に騒いだり、泣いたりすれば、事態は余計に悪い方に行ってしまう。過去の経験から、千香はじゅうぶんに学んだはずなのだから。

「わたしの目には、土田さんは相当苦しそうに見えるけど」

桜子は、はっきりと言った。そして。

「泳ぐことに一生懸命になって、溺《おぼ》れているのに気づかない魚みたい」

その言葉に、千香はかっとなった。思わず高い声で、叫んだ。

「月島さんにはわかんないよ！」

大きな感情の塊《かたまり》が、お腹の底からせり上がってくる。涙が盛り上がり、さらに叫んだ。

「そ、そんなに綺麗に産んでもらえて。もう遺伝子からして、あたしなんかとは全然違ってるじゃん。すべての人間に無条件に受け入れられて、愛されるために生まれてきたんだよ。ずるいよ、神様は。あたしだって、月島さんみたいな顔に生まれたかった。こんな中途半端な顔とスタイルに産んだ親を、ずっとずっと恨《うら》んで……」

千香は途中で、驚いて言葉を呑む。桜子が、悲しい顔をしていた。泣いてはいない。泣いているのは千香だ。桜子の方が先に、ひどいことを言ったのに。それなのに。

「月島さん」

この時、千香は、桜子への理不尽《りふじん》な憎しみを一瞬だけ忘れた。

「どうしたの？　なんで、泣いてるの？」

桜子が目をみはる。その目は乾いている。唇を引き結び、問うように千香を見る。言わなくても千香にはわかった。桜子は聞きたいのだ。どうしてわかったのか、と。

わかる。桜子は泣いている。乾いた目で泣いている。

「ごめんね」

理由はわからないけれど、千香の言葉の何かが、桜子を深く傷つけたのだ。千香は考えるより前に手を伸ばし、桜子に抱きつくようにしていた。

「ごめんね、ひどいことを、言っちゃったんだね」

桜子は無言のまま、でも、千香を払いのけようとはしなかった。千香の腕の中で、彼女の華奢《きやしや》な肩が、細かく震えていた。

桜子は、大いに驚いていた。

どうして土田千香にわかったのだろう。桜子が泣いていること。涙は出ていなかったのに。泣いた時と同じくらい、苦しかったこと。

千香のような子を、桜子は、ずっと嫌いだったはずだ。自分というものを押し殺して、グループの中でうまくやることばかり考えて、リーダー格の子の機嫌をとって。誰かの強い意見に流されて、残酷ないじめをやったりする。そういう子たちをさんざん見てきた。

昔、特定の女子たちと一緒にいた頃は、その構図がよくわかっていなかった。でも離れてみれば、よくわかる。いつも似たようなグループはあるし、似たような子はいる。

千香だって、きっと、相葉《あいば》理央が誰かをいじめはじめれば、そこに乗っかったに違いない。

そういうのを見るのも、わかってしまうのも、ずっと嫌だった。

でも千香が困っていたから。つい助け舟を出してしまったのは、桜子らしからぬ行動ではあった。そんな自分にも驚いたが、もっと驚いたのは、千香の反応だ。

桜子を、抱きしめるなんて。千香のような子が、誰かの気持ちに寄り添ったり、慰《なぐさ》めようとするなんて――。

放課後、桜子と千香は揃って、新体育館建設予定地へと向かった。先日と同じように規制線をくぐってそこへ行ってみれば、紫生と翔平《しょうへい》、それから和葉《かずは》がいた。

「悪いな、呼び出して」

翔平が言った。放課後、再びここに集まるようにメモが回ってきたのだ。

翔平はいつもクラスでふざけている時と雰囲気が違う。普段は、教師の質問にも真面目《まじめ》に答えない彼が、神妙な顔をしてそこに立っていた。

「どうしたの？」

「おまえらさ、昨夜も例の夢見た？」

例の夢、とは、もちろん、鬼に追いかけられる夢のことだ。桜子は小さく頷いた。うん、と千香も答えている。夢の話になると、みんな、表情がなくなる。夢とは思えないあの恐怖を思い出すからだろうし、夢は夢なんだと、思い込みたいせいもある。

「提案があんだけどよ」

翔平が硬い表情のまま言った。

「俺ら、同じ夢見てるんだろ？　だったら、夢の中で会えるんじゃね？」

「それは……」

桜子も同じことを考えた。でも、どうしてだろう。無理な気がしてならない。なぜなら、夢の中の校舎は、自分とあいつ以外に、人の気配というものがないからだ。

自分だけが、閉じ込められている。あの閉塞感《へいそくかん》と、孤独感。

「探せるかな」

自信なさそうに、千香が呟いた。桜子はちらっと和葉を見たが、なにも言わない。できる、とも、できない、とも。翔平が、励ますように言う。

「駄目元でさ。あいつに追いかけられている間、誰かが同じように逃げてるかもって思うだけで、がんばれるだろ？　だからさ」

「駄目元で、待ち合わせするのは、いいと思うけど」

紫生は一応、同意した。

「けど？」

「会えなかった時にダメージ大きい。そこで追いつかれたらどうするか、考えとかないと」

「あ、そしたらさ」

千香が上ずった声をあげる。

「夢から覚めるおまじないっていうの、したらどうかな」

「おまじないって？」

紫生に見つめられ、千香はさらに早口になる。

「知らない？　怖い夢見た時とかに、息を止めて目をぎゅっと強く瞑《つぶ》って……あ、もちろん夢の中でね？　それで、これは夢って三回唱えるの。そのあとパッと目を開けると、大抵、夢から覚めることができる」

「それ、使えるじゃん」

翔平がぐっと親指を突き立てた。

「じゃあ、とりあえず、追いかけられたら2組の教室に逃げ込んで、誰にも会えなかったら、土田の言ってる方法で無理やり自分を起こす」

「会えたら？」

桜子が聞くと、翔平はにやりと笑った。

「んなの決まってる。協力して、全員で蹴り入れて、ぼっこぼこにする」

「そんな簡単にいくかなあ？」

千香が苦笑する。

「余裕だろ。多勢に無勢だろ。たとえあいつが鬼でもよ」

「ほんっと門倉《かどくら》ってバカだね。この前の幽霊騒ぎといいさあ……」

千香は、途中でしまった、という顔をして口をつぐんだ。翔平の顔が、一瞬で強張《こわば》ったからだろう。気まずい沈黙が流れる。それでも全員で、翔平の顔を見つめていた。

苦しそうだな、と桜子は思う。

苦しくて苦しくて、今にもまた雄叫《おたけ》びをあげて自分をめちゃくちゃにしてしまいそうだ。

翔平は、張り詰めた空気をまとったまま、思い切った様子で言った。

「あのよ、正直に答えてもらいたいんだけど。おまえたちには、あいつは見えないのか?」

桜子はじっと彼を見つめた。

「あいつって?」

「こんっくらいの」

と、翔平は自分の腰のあたりを手のひらで示した。

「子供。女の。髪が天パでくるくるしてて、ひまわりの柄のワンピースを着てる」

確か先日も、校庭に、亡くなった妹がいると言いだして騒いだのではなかったか。

「見てないよ。一度も」

「あたしも」

と千香が答える。

「おまえも見てないんだな？」

翔平は、紫生に問う。すがるように。紫生も首を振った。

「見てない」

「じゃ、じゃあ、おまえは？」

今度は和葉に問いかける。和葉が黙ってると、焦《じ》れた様子で翔平は言う。

「俺たちのツノも見えるんなら。おまえなら、見えるだろ？」

「ひまわり柄のワンピースを着て、裸足《はだし》の子供？」

全員、息を呑むようにして和葉を見た。翔平が助かったとばかりに急《せ》き込む。

「そ、そう、それだよ。やっぱり俺だけじゃなかったんだな。見えてんのは」

「ねえ。それって、亡くなった妹さんが見えるってこと？」

千香が問うと、翔平は唇を一度引き結んで、それから、呟くように答えた。

「まあな。ここみって名前で、俺の妹で、四歳で……」

「じゃあ、やっぱり幽霊ってこと？」

翔平は睨《にら》むように千香を見た。

「そうだよ。死んでんだよ、とっくに。悪いかよ」

「え、なんで怒るの？　誰も悪いなんて言ってないし。だけど幽霊が見えるなんて」

「おかしいか？　俺たち、じゅうぶんにおかしな状況だろ？　鏡見れば、全員、ツノが生えてんだからよ。だったら、俺が見えるものが、おまえらに見えたって不思議じゃない。幻なんかじゃない。だから水瀬《みなせ》にだって見えるんだろ？」

「正確には、わたしが直接見ているわけじゃないの」

「なんだよ、どういうことだよ？」

「あなたがこだわって、囚《とら》われているものが、わたしに伝わってきているだけ」

翔平は失望した顔をした。

「じゃあやっぱり、幻なのか？」

「幻というよりも、あなたの心そのままが、形になって現れるだけ」

「なんだよ、俺の心って」

「罪悪感」

和葉はじっと翔平を見つめ、ぽつりと言った。

「過ぎたる罪悪感は自分への攻撃につながる。あなたは、自分が許せないのね。許せずに、自分を殺してしまいたい。だから妹さんの姿を見るし、自分もあとを追いたいと」

翔平の怯《おび》えたような顔には、見覚えがある。桜子が、毎朝鏡で見てしまう自分の顔だ。

「門倉！」

桜子は声をあげた。翔平がびくっとしてこちらを見る。あとにどんな言葉を続けていいのか、わからなかった。ただ名前を呼ばなければ、どこかへ行ってしまう気がした。

「見んなよ」

翔平は桜子に、震える声で言う。

「俺のことを、見るな！」

額《ひたい》を押さえるようにして。実際には見えていない、でもここにいる和葉以外の人間の額には、同じ場所に、ツノがある。

翔平は駆け出した。桜子はとっさに後を追った。彼は足場の悪い工事現場を、どんどん走ってゆく。無残に掘り返された穴がいくつも見えた。土が大小の小山となって、そこを迂回《うかい》しながら、翔平は走る。翔平はもと野球部だ。かなり足が速い。でも桜子だって速い。中三ともなれば、男子に敵《かな》わないけれど、桜子は、どうしても追いつきたかった。

今つかまえなければならない気がした。

いくつも空いた地面の穴に翔平が落ちたら、もう帰ってこないような気がした。

奈落に落とされる鬼のように。

左手に残る雑木林が行く手を遮《さえぎ》ったところで、翔平のスピードが少し落ちる。今だ。桜子は地面を大きく蹴って、彼の背中に飛びつくようにした。翔平が声をあげて、ふたりで前のめりに転ぶ。少し横に倒れ込んだために、ダメージを受けたのは翔平だけではなかった。桜子の右肩から腕全体に鋭く重い痛みが走り、しばらくは、身動きもできない。口の中に入り込んだ土が苦く、そこに血の味が混ざっている。それでも桜子は翔平の背中から離れない。

鼓動の音がした。血が流れるような、ざわざわとした音も、鼓膜に響く。

「俺が死ねば良かったんだ」

何をそこまで重いものを抱《かか》えて、そんなことを言うのだろう。

わたしたちは、全員が、死にたがっている。全員が、自分を嫌い。

桜子は苦しかった。翔平の心が苦しかった。ふと視線を感じて顔を上げる。桜子は最初驚き、やがてすとんと納得した。ああ、あの子か。

「門倉。わたしにも見えるよ」

びくっと翔平が肩を震わせる。地面から顔を上げて、桜子と同じ方向を見た。

木の陰から、小さな女の子がのぞいている。和葉が言ったように、ひまわり柄のワンピースを着て、足元は裸足。ふたつに結んだ柔らかそうな髪。あれが翔平の妹なのだ。

「ここみちゃん。心配そうな顔してるね……」

翔平は再び地面に突っ伏して号泣《ごうきゅう》する。桜子は何をすることもできず、ただ、陽炎《かげろう》のように消えてゆく翔平の妹の姿を見ていた。

翔平がぽつぽつと話しだす。紫生、千香、和葉もそばにいる。雑木林の斜面で、桜子と翔平は地面に座り込み、他は、立って話を聞いていた。

「夏で。母さんがマンションの組合の用事で出かけるから、妹のお守りと留守番を頼まれたんだ。でもすげー暑くて。妹はぐずるし、エアコンも数日前から調子悪くて。俺も、妹の相手すんの飽きちゃって」

「妹、四歳だった」

アイスを買いに行くことにしたのだという。通りを挟んだ前にあるコンビニまで。

「妹も連れていこうかと思ったけど、親に外に出ちゃダメって言われてたからさ。妹の好きなアニメのビデオ流して、すぐ帰ってくるから待ってろよって言って」

翔平は走ってコンビニに行った。鍵をかけることも忘れなかった。コンビニでは、妹が好きなスイカ味のアイスを買った。ほんの少しだけ、漫画の立ち読みもした。それから急いでマンションに戻ろうとしたところで。

「お兄ちゃーん、て。上から声が降ってきて。ここみが、五階のベランダからこっちをのぞいていた。嬉しそうにあいつ、手を振ってた。俺も叫んだ。バカここみ、部屋に戻れって。そんなにおっきく手なんか振るなって。でも次の瞬間には、あいつが落ちてきたんだ」

風が木立を通り抜けて葉を揺らす。悲鳴なのか、泣き声なのか、悲しい音に似ている。

そこからはあまり憶えていないという。気づけば妹の葬儀で、大人がみんな泣いていた。

「誰もさ、俺を責めなかったよ。母さんも父さんも。母さんは泣きながら自分を責めてたな。父さんも泣いてたけど、俺を抱きしめてさ、大丈夫だって。でも俺は、いっそ責めてほしかった。おまえのせいだって。アイスなんか買いに行かなきゃよかったんだって」

誰も翔平を責めないから、自分で責めるしかなかったのか。

家族に優しくされると、逆にはっきりと思い知らされてしまうことがある。

「それからずっと見えてるの？」

今は周囲を見渡しても、幼女の姿は見えない。翔平は首を振った。

「初めて見たのは……四月くらい」

「三年生になってから？」

半年くらい。翔平の中のどんな変化が、妹の姿を見せはじめたのか。

「もしかしたら、それってツノと関係あるかも」

千香が言った。桜子も同じことを考えていたので、頷く。

「何か心当たりとかある？」

「いや、別に……」

翔平は俯《うつむ》いて、地面の草をぶちぶちと何本か抜いた。

「おまえさ」

横目でうかがうように桜子を見た。

「本当に、見えたのか？　俺に同情して言ったんじゃなくて？」

「見えたよ。髪の毛ふたつに結んで、星の形のヘアゴムしてたね。今はもう見えないけど」

「今は、どっかに行ってる。突然現れるし、突然消える」

それはやはり、和葉が言うように、翔平の罪悪感の投影なのではないか。翔平の話を聞くと、ますますそう思う。千香が気まずそうに言った。

「門倉、ごめん。幽霊とか、茶化す感じで言っちゃって」

「……いいよ別に。普通に考えたらキモいもんな」

「あのさ、あたしには、ここみちゃん見えないけど。でもさ、見えたらいいなって、思う」

翔平は胡乱《うろん》そうな瞳で千香を見た。

「なんでだよ？　人の、死んだ妹の姿なんか」

「わかんない。でも、そしたら少しは門倉、楽になれるじゃん。ここみちゃんが現れて、門倉パニクってるけど、でもさ、ほかの人にも見えたらさ、気持ち楽になれるじゃん」

千香はすごい。桜子は感心して、たどたどしく話す千香の横顔を見た。今まで知らなかったクラスメートの、思いがけない一面が、桜子の中に冷たく凝《こご》っていた何かを和《やわ》らげる。

ずっと黙ってた紫生が、俺も、と呟いた。

「おまえの妹、見てみたいと思う」

「おまえもかよ」

翔平は涙声になっている。うん、と紫生は頷いた。

「おまえに似てなくて、可愛いんだろ？」

「は？　なに言っちゃってんの」

「名前からして可愛いもんな」

「……そうだよ」

翔平は苦しそうに呟き、顔を膝《ひざ》の中に埋《うず》めた。

「可愛かったよ。誰よりも。誰よりも！」

折り曲げた背中が震えている。右手で斜面に生えた草をつかみ、その手も震えている。

翔平が泣いている。声を殺して、くぐもったうめき声を殺すようにして泣いている。

翔平のせいじゃない、とは、言ってはいけない。そんなことを言えば、翔平はさらに苦しむ。だからといって、おまえのせいだ、とも言えない。事故は事故なのだ。みんなそれ

はわかってはいるけれど、人の心は難しい。やがて翔平は泣き止《や》み、千香が、

「どうして月島《つきしま》さんには見えたんだろう」

ぽつりとそんなことを呟いた。

確かにそうだ。あれが幽霊なのだとしたら、幽霊を見たのは、さすがに初めてだ。

「門倉君の苦しみに共感したから」

和葉がそう答えた。

「似たような罪悪感を月島さんも持っているから、共感し、想いが重なり、見えた」

「そうなのか？」

翔平が真顔で問う。

「月島……、おまえも苦しんでんのか？」

全員が桜子を見ている。桜子は立った。右足首に激痛が走ったが、平気なふりをする。

「みんな、同じでしょ。だから……今、ここにいる」

紫生には紫生の、千香には千香の、苦しみがある。

「共感は大事よ」

和葉が言った。

「自分以外の誰かを思いやる気持ちが、ツノを消す手段にもなり得るから。鬼は……人の

そういった心を嫌うから」

思わず桜子は、紫生と顔を見合わせた。お互いのいいところを見つけるようにする。自分以外の誰かを好きになり、大切に思う。そうすれば、結局は自分のことを好きになる。自分の存在を許せる。

千香が桜子を見ている。桜子も千香を見つめ返す。千香は次に翔平、紫生へと視線を移す。四人の視線が互いを行き来する。

共感できれば。わかり合えれば。大切に思うことができたなら。

解決の糸口がほんの少し、見えた気がした。

2

消毒液が唇の傷にしみて、桜子《さくらこ》は顔をしかめた。

放課後の保健室にいる。養護教諭はとっくに帰ってしまっていたが、ドアはしまっていなかった。だから勝手に中に入って、和葉《かずは》が消毒してくれている。

翔平《しょうへい》は、紫生《しき》が家まで送っていくと言った。

「滲《し》みる?」

眉を寄せて和葉が聞く。桜子は顔をしかめた。

「うん、まあ」

本当はかなり痛い。右頬には細かな砂利がたくさん食い込んでいる。制服の右半分は泥で汚れ、破れてはいないものの、かなり悲惨な状態だ。

和葉は絆創膏《ばんそうこう》を取り出し、桜子の唇の端、おでこ、擦《す》りむけた肘《ひじ》などに次々と貼ってゆく。

「上手だね」

「そうかな？　初めてなんだけど」

桜子は驚いて思わず和葉の顔を凝視《ぎょうし》した。頬が赤くなってる？　まさか、照れたの？

「水瀬《みなせ》さんて不思議」

「よく言われる」

「なんでも、わたしたちのことがわかってるみたいだった。最初から」

「わかってない。ただ、見えてしまうだけで」

「人が隠しているツノとか？　幽霊とか？」

「霊の類《たぐい》はよく見るかな」

普通は隠したがると思うのに、あまりにも素直に認めるから拍子《ひょうし》抜《ぬ》けしてしまう。

「じゃあ……わたしのことも、何か見える？」

和葉は顔を上げた。距離が近い。メガネの奥の瞳は、やはり、どこか藍色に煙《けぶ》っている。

桜子は、翔平と同じだ。和葉に言い当ててほしい。桜子が醜《みにく》く汚れきっていることを。鬼になっても仕方がない生まれだし、育ちだということを。

「昨日、父に聞かれたの」

「お父さん？」

「あなたのこと」

「どうして、わたしのこと？」

「学校で……父は、わたしに友達ができたと思って喜んでるの」

桜子は返事に困った。もうずっと長い間、友達という存在とは無縁に生きてきた。挨拶《あいさつ》を交わす程度、必要なことを伝える程度の知り合いならいっぱいいる。クラスメートもいる。でも、友達となれば話は別だ。

「わたし、困ったの。もしも桜子さんが嫌なら、わたしは片思いをしていることになる」

桜子は面食らった。

「友達としての片思いってこと？」

「そう。それはとても迷惑なことだと思うから」

「待って、水瀬さん。わたしと友達になりたいの？」

「そう」

あまりにも素直な反応に、桜子の方も赤くなりそうだ。

喜びなのか、驚きなのか、わからない。でも、悪い気分ではない。

「どうしてわたしと友達になりたいの？」

「綺麗だから」

和葉は見た目のことを言っているわけではない。藍色に煙る瞳が、桜子の瞳に据えられている。彼女は、桜子自身を見ようとしている。それでも桜子は否定した。

「わたしは、汚いし、醜いの。水瀬さんには、それが見えるでしょう？」

「違う」

和葉は答える。なぜか悲しそうだ。

「桜子さんは、綺麗。わたしがそう思うのだから、そう」

「傲慢《ごうまん》だね」

「それもよく言われる」

不思議で、傲慢な水瀬和葉。でも桜子は、和葉が嫌いではない。

「いい？」

そっと和葉が問う。

「なにが?」

「父に、桜子さんのことを、友達だと言っても」

こんな風に正面から尋《たず》ねられたら、拒絶できない。ただ、桜子は確かめたかった。

「水瀬さんにとって、友達ってなに?」

友達ってなに。それはもう長い間、桜子が自問自答していることだ。

和葉は、すると淀《よど》みなく答えた。

「自意識の外側にいる未知なるもの」

「? どういう意味」

「人はね、十歳を過ぎる頃から、自意識と自己暗示で生きていく。自分はこういう人間、これが好きで、あれが嫌い。苦手、得意。毎日、自己暗示をかけながら成長してゆく」

「うん」

予想外に難しそうな話だな、とは思ったけれど、理解できる気はした。

「そういう自己暗示は、性格形成において避けられないことなんだけど、正しい時ばかりじゃない。他人から見える自分というものが存在して、案外そちらが正しい場合もある」

「そう……かもしれない」

たとえば紫生は、思いもよらないことを、覚えていてくれた。

（桜子が、一生懸命四つ葉探してたから。人に対してひどいことを思う桜子がいる一方で、優しい桜子もいて、きっとその両方が戦って、優しい桜子がほんの少し勝ったんだなって）

「だからね、友達って、自意識の外側にいる存在。どういう子なのかわかったつもりでも、まったく違う面があって驚くし、逆に自分のことを、まったく予測もしない方面から見て、正しいことに気づかせてくれる」

「それは良いこと？」

「すごく良いこと。素敵だし、得難《えがた》いこと。わたしはそんな風に思う」

確かに、今日は、千香《ちか》に関しても驚きの連続だった。

「……なんだか、納得できる」

素直に呟《つぶや》くと、和葉はふふっと笑って、桜子の怪我《けが》をした唇に手の甲で触れた。

「だからね。わたしの目から見たら、桜子さんはすごく綺麗。心がね、たくさんたくさん、闘おうとしている心がね、時々悲しそうだけど、それでもやっぱり綺麗」

桜子は。まっすぐに自分を見つめる和葉の目から、目をそらすことができなかった。

吸い込まれる。吸い込まれ、浄化され、解き放たれる。そんなイメージに、頭の芯がくらくらする。傷の痛みが引いてゆく。

あ、と桜子は声を漏《も》らした。脳裏に、強烈なまでに真っ赤な映像が閃《ひらめ》いた。風に舞い上がる真紅《しんく》の葉。それも無数に。紅葉《もみじ》だ。血のように赤い紅葉が、視界すべてを覆《おお》い尽くす。その中に、凜《りん》と立つ女の姿が見えた。確かに見えた。その時。

「あらまあ、いったい何が起こったの？」

扉が開いて、高い声が響いた。紅葉が消え、女が消える。

桜子と和葉は同時にそちらを見る。保健室の入り口に、桜子の体操服袋を持った気まずそうな千香と、担任の小野早苗《おのさなえ》が立っている。

早苗は眉をひそめ、心配そうな顔で、保健室の中に入ってきた。後ろで千香が両手を合わせてごめん、という仕草をしている。

「廊下でちょうど土田《つちだ》さんに会って、事情を聞きました。月島《つきしま》さん、転んだの？」

千香は、教室に桜子の着替えを取りに行ってくれていたのだ。今の制服のまま帰ればあまりにも注目を浴びてしまうから。それほど悲惨に汚れている。

「それにしてもひどすぎるわね。どこで転んだの？」

「……急いでて。ピアノに間に合わないといけないと思って、裏門から出ようとして」

裏門から出た方が桜子の家は近い。これは本当だ。

「月島さん。知ってると思うけれど、登下校は正門からって決まってるのよ」

「……はい」

「工事現場の横を通らなくちゃならないし。地面が整備されていないから、足場も悪いし」

「あの、それで、転んじゃったんだと思います」

千香がすかさず言った。

「あたしが帰ろうとした時に向こうから月島さんが足を引きずってきたから。それで」

「ちょっと見せなさい」

早苗はそばまで来ると、桜子の顔に触れたり、肘や足の怪我の具合を見た。

「ずいぶん派手に転んだのねえ」

「はい。すみません」

「月島さんらしくないわ。運動神経だっていいのに」

「……気持ちが焦《あせ》っちゃって」

「何かトラブルってことじゃないわよね？」

桜子は言い淀んだ。トラブルといえば、トラブルにはあっている。でもおそらくは早苗が想像するような、誰かにやられた、とか、いじめの類ではない。

「そういうことじゃないです」

「本当ね？　なんでも相談してくれていいのよ。先生、必ず助けになるから」

桜子は首を振った。

「大丈夫です。本当に、ピアノに遅れそうで」

早苗はようやく納得してくれたのか、ホッとした表情を浮かべて立ち上がった。

「月島さんがそう言うなら、信じます。おうちに電話して、迎えに来てもらいましょうね」

「えっ……、大丈夫です」

桜子は焦った。そんなことをされたら困る。

「土田さんがジャージを持ってきてくれたし、今日はそれに着替えて帰りますから」

「わたしが送っていきます」

和葉が静かに言った。

「怪我も幸い大したことなさそうですし。わたしが確かに送りますから」

早苗は和葉を見て微笑む。

「これもまためずらしいわね。水瀬さんが、クラスメートと一緒にいるなんて」

「はい」

「よかったわ。心配していたのよ。あなたも、いつもひとりだから」

それから早苗は千香を振り返った。

「土田さんも、友達想いね。いつも相葉《あいば》さんたちと一緒に帰ってるのに」

千香は体裁《ていさい》が悪そうに手を振る。

「あたしは別に……当然のことをしたまでで」

早苗はもう一度桜子を見た。

「じゃあ、水瀬さんにお願いします。念のために、お家でも怪我を見てもらいなさい。病院に行く場合は学校にも報告してね？」

桜子は急いで頷いた。もう解放してほしかったからだ。早苗はなおも心配そうな顔をしたが、ようやく保健室を出ていってくれた。

はあ、と桜子は、ため息をつく。それが思いがけず大きく響いた気がして、目を見張る。

千香も、同時にまったく同じくらい大きなため息を吐いたのだった。


送ってくれなくても大丈夫、と和葉には言ったのに、和葉は聞いているのかいないのか黙ったまま、桜子の隣に並んで歩きだした。

桜子はジャージに着替えている。帰ったら佳恵《よしえ》に見つかるだろうから、どう言い訳しようか考えながら歩いていると。

おもむろに、和葉がカバンからおにぎりを取り出して、むしゃむしゃと食べはじめた。

桜子は驚いて横目でそれを見る。すると、

「あ、桜子さんも食べる？」

と、もうひとつカバンから取り出す。

「ううん、大丈夫」

歩きながらおにぎりを食べた経験はない。

「そう？　中身、梅干しだから。悪くはなってないよ」

「お腹空《なかす》いてないから。水瀬さん、そのおにぎり、自分で作ってるの？」

「毎朝、五号のお米を炊いて、お父さんの分と自分の分、五個くらいずつ作るの」

「五個も？」

「わたし、大食いなの」

「そうなんだ。見た目によらないね」

「特に今日は、疲れたから。米を食べないと、突然道端《みちばた》で寝ちゃうことがあるの」

それはすごい。

「そんなに、疲れたの？」

「人の心の、深い部分に触れるとね、とても疲れるの。桜子さんも、疲れたでしょ？」

そういえば。怪我をしたせいばかりではなく、全身がなんだかだるい。人の心の……とは、翔平のことを言っているのだろうか。つくづく、変わった子だなあ、と思う。

「水瀬さんはどのあたりに住んでいるの？」

　桜子はめずらしくこの少女に興味を覚えていた。

「二丁目。古い梅の木があって、一目で気に入って」

「そうか。帰り、遅くなったらお父さん心配しない？」

「父がわたしを心配することはないわ。わたしが父を心配するのは日常だけれど」

「へえ。お父さん、しっかりしてないの」

「まったく。昨夜も縁側で猫と一緒になって寝ちゃってて、起きたら風邪《かぜ》をひいていたの」

　それは、なかなか個性的な父親のようだ。

「お母さんは？」

「母は亡くなってるの。わたしを産んですぐに」

　踏み込みすぎた、と桜子は後悔した。桜子だって、家のことをあれこれ聞かれたくはない。しかし和葉は別に気にした風でもなく、淡々と話しだす。

「ずっと祖父母に育てられたので、父とふたりきりで生活するのは慣れていなくて。嫌いじゃないはずなのに、時々どうしようもなく苛立《いらだ》ってしまうの」

　桜子は思わず笑った。

「わかる、なんとなく」

「そう？　親を疎《うと》ましく思うなんて、わたしは人間ができていないって、悩んでいるの」

「そんなことないよ。というより、それが普通なんだよ、きっと」

父の昌浩《まさひろ》のことは、桜子も好きだ。温厚だし、声を荒らげたところも怒ったところも見たことがない。家族に対してはかなり複雑な思いを抱いている桜子だが、不思議と昌浩に対しては、昔も今も普通に接することができる。

それでも、時々苛立つのは一緒だ。たとえば朝の忙しい時間にトイレを長く占拠していたり、だらしない格好でソファで寝ていたり、時々すごくお酒臭《くさ》かったり。嫌だな、と思う一方で、本当は慕《した》わしく、嫌だと思うことは実は贅沢《ぜいたく》な幸せなのだと、桜子は知っている。

おにぎりをひとつ食べ終えた和葉は、ふと立ち止まり、桜子に聞いた。

「ねえ。毎晩、怖い？」

「そりゃ……」

夢は続いている。真っ暗な夜の校舎で、鬼に追いかけられる。

大きな影が迫り、生臭《なまぐさ》い匂《にお》いがして、校舎から外に出たいのに、どの窓もドアもびくともしない。毎晩、鬼に追いつかれる直前で目が覚める。安堵《あんど》すると同時に、疲労困憊《こんぱい》していることに気づく。本当に全速力で走った後のように、汗をかき、鼓動はうるさいまま、まんじりともせず夜明けを待つ。翌朝、鏡の中のツノは大きくなっている……気がする。

「あの鬼につかまっちゃいけないってわかってるんだけど、もう逃げ場がないの」

北棟《きたとう》四階から先に、どこにも逃げられない。逃げられないから、あの子は、飛び降りたのだろうか。自殺した女子生徒。ふとそんな考えが浮かび、ぞっとした。

鬼に追い詰められ、もうつかまる、と毎晩恐怖に怯《おび》えるけれど。あのドアに、桜子はまだ手をかけていない。

「逃げ場所は必ずあるから」

和葉は言う。まるで見てきたように。

「落ち着いて、よく見て。考えて。自分のことも、自分の周囲のことも」

それはどういう意味なのか、問おうとした時、

「桜子！」

大きな声で名前を呼ばれた。通りの向こうから、佳恵が駆け寄ってくるのが目に入った。

「お母さん？」

和葉に聞かれ、頷《うなず》くことができない。

母だ。あれが戸籍上《こせきじょう》にも桜子の母だ。それは間違いがないはずなのに。

（桜子ちゃんとお母さんって、あんまり似てないねー）

小学校の頃、何度か言われた言葉を思い出し、身構えた。でも和葉は何も言わなかった。

「よかったかすり傷程度で。お母さん、とても心配した」

家に入るなり、佳恵はそう言った。家に上がるように誘った和葉は、父が待っているかもしれないから、と帰っていった。

「うん。だから大丈夫だって、小野先生にも言ったのになあ」

桜子は明るく答える。早苗が電話をしたのだ。教師の立場としては、校内で怪我をしたのだから、その報告はしなければならないのだろう。

「派手に転んだ割には、怪我はぜんぜん。制服汚れちゃったけど、洗濯は自分でやるね？」

「桜子……」

汚れた制服を手に洗面所に向かう桜子の背に、佳恵が言う。

「でも、本当に大丈夫？」

桜子は目をぎゅっと閉じ、それから笑顔を作ると、母に振り向いた。

「うん。こんくらいの怪我、前もしたことあるじゃない」

「それは小さな頃でしょう。もう中学生にもなるのに、何もない場所で転ぶなんて」

「急いでたから」

「それなんだけど」

佳恵はじっと桜子を見つめる。

「小野先生が、桜子はピアノ教室に遅れそうだから急いでいたらしいですって。でも変よね。今日はピアノはないでしょう」

あの先生、余計なことを。お母さんだって、しつこい。

黒いものが胃の底に広がる。それは渦を巻いてせり上がり、毒となって吐き出される。

「どうでもいいんじゃない？」

え、と佳恵が目を瞬《またた》く。

「あんまり大げさに心配されたから、適当にごまかしただけなんだって」

「適当ってあなた」

「だって本当に転んだだけなのに、まるで人間関係が原因じゃないか、探ってくるような感じあったから。違うんだから、嘘も方便って言うし」

「本当に、何か厄介《やっかい》なことがあったわけじゃないのね？」

「お母さん。わたしもう中三だよ。ちゃんとやってるし、誰ともトラブルになんか――」

「それがお母さん、時々心配なの」

佳恵はいつにも増して食い下がってくる。

「小野先生がね、桜子は、成績も優秀だしクラス委員もちゃんと責任持ってやってくれるけれど、お友達が少ないのが心配ですって」

クラス委員。それが、どういう経緯《いきさつ》で引き受けることになったのか、佳恵はなにも知らない。そのほかのことも、まるっきり、わかってはいないのだ。

「友達は少ないわけじゃないよ」

佳恵はほっとした顔をする。

「そうよね？　あなたは昔からクラスでもみんなに慕われて、頼られて」

佳恵は忘れている。六年生の時に、ほんの数日だけれど、桜子が保健室にしか登校できなかった日々を。忘れたいのかもしれない。

「先生が間違ってる。友達は、少ないんじゃなくて、いないから」

佳恵は傷ついた顔をする。友達がいないのは佳恵ではなく、桜子だというのに。

この孤独も苦しみも、桜子だけのものだ。わかったふりなんてしてほしくなかった。

「嘘つけばよかった？　友達、たくさんいますって」

「桜子、そんな、お母さんは……」

「分かってる。お母さんは、問題のないわたしでいてもらいたいんだよね。成績良くて、友達もたくさんいて。家の手伝いもピアノも一生懸命やって。それから――」

これは言うな、と警鐘《けいしょう》が鳴る。言ったらおしまいだぞ。もう、もとに戻れないぞ。

しかし、唐突に――毎朝鏡に映るツノが生えた自分の顔が思い浮かび、するりと禁断の言葉が口から飛び出した。

「それから、少しでもお母さんに似たところのある娘でいてほしいと思ってる」

佳恵は口元を覆った。微《かす》かな声がそこから漏《も》れたような気がしたけれど、なんと言ったのかはわからない。ただ、桜子を見つめる瞳にみるみる涙が溜《た》まり始めた。

それがこぼれ落ちるより前に、桜子は逃げた。廊下を走り、後ろ手に扉を閉める。ドアに鍵はついていないため、背中全体でドアを守ろうとした。

でも、佳恵が追いかけてくることはなかった。心臓がばくばくする。言ってやったぞ、とうとう言ったぞ、と声がする。自分のものなのか、鬼のものなのかわからない。

その夜は、夕飯時にも部屋から出なかった。愛佳《あいか》が遠慮がちに呼びに来たけれど、ドア越しに「欲しくないから」と断った。

夜遅くに昌浩が帰ってきた。リビングで、大人がふたりで小さな声で話し合っているのがわかった。それからしばらくして、昌浩は部屋にやってきた。桜子はベッドで布団を被《かぶ》って寝ているふりをした。誰にも会いたくないし、話したくはない。

「なんだあ、もう寝たのか。お父さんせっかくアイス買ってきたのにな」

桜子は布団の中で、身じろぎもしなかった。やがて昌浩は諦《あきら》めて、ぽんぽん、と布団の上から桜子の肩のあたりを叩き、部屋を出ていった。

お母さん。どうしてあんなに泣いたの。

わかってる。悲しいからだ。お母さんは、わたしをすごく大切に思ってくれている。

わかっているのに、傷つけてしまう。

お母さんを傷つけることで、わたしも傷つく。それなのに、どうして、わたしは泣けないのだろう。こんなに苦しいし、目の裏が火傷《やけど》をしたように熱いのに。口を開けば嗚咽《おえつ》が漏れそうなのに。どうして、涙が出てこないのだろう。


その夜も、夢の中で桜子は鬼から逃げた。

夜の校舎に、桜子ひとりだけの、上履《うわば》きをこする音が響く。

絶対につかまりたくない。でも、つかまらなくても、桜子はすでに鬼なのかもしれない。

あんなに優しいお母さんや、お父さんを悲しませるなんて。

いっそ本当に鬼になったら、楽になれるのではないか。あの朝、鏡の中にツノが生えた自分を見たとき。桜子は、確かに安心しなかったか。でも、でも……。

（絶対に、つかまらないようにしてね）

和葉がそう言った。あの鬼につかまれば、桜子が想像もできないような、恐ろしいことが待っているのだ。でも、もう、逃げ場がない。北棟四階の奥に追い詰められて、振り向けば、すぐ後ろまであいつは来ている。

いつもはそこで目が覚めるけれど、もしも、覚めなかったら？

桜子はいつも通り、四階への階段を駆け上がった。行き止まりのドアが目に飛び込んでくる。今日こそはつかまってしまう気がする。だって桜子は、お母さんを泣かせたから。

桜子は肩で息をしながら、周囲をざっと見渡した。窓は開かない。確認済みだ。

（校舎内で、みんな、集まってみるっていうのはどうよ？）

翔平の提案を思い出した。

（俺たち同じ夢を見てるんだろ？　だったら、夢の中でも会えるかもしんねーじゃん）

夢の中で会えたら。あの得体《えたい》の知れない鬼に、本当に対抗できる？

（3年2組の教室に集合な）

しかし、桜子は必死に逃げるあまり、いつもの場所まで来てしまった。戻れば、あいつと正面から遭遇してしまう。鬼は今まさに、階段を上がってきている。もうすぐ、床に、二本のツノの影が映る。桜子は歯を食いしばって、動いた。右隣の、旧視聴覚室。ドアを開けて、飛び込むと、後ろ手にすばやく、できるだけ静かにドアを閉めた。

誰か、と人の気配を探した。でも、誰もいない。

確認できるのは、物だけだ。旧視聴覚室には、雑然といろいろなものがしまいこまれている。重ねられた古い机や椅子、無数のダンボールに放り込まれた体育祭の備品、まだまだ使えそうなホワイトボード。

はっとして振り返った。今さっき閉めたばかりのドア。四角い磨《す》りガラスの部分に、影が映っている。思わず口を覆った。悲鳴をあげてしまいそうになった。

大きな影。二本のツノ。あいつだ。もう、そこにいる。そして桜子が、ここに入ったことに気づいた。桜子は口を押さえながら、積み上がった段ボールの後ろに隠れた。

心臓の音がうるさい。

必死に考える。鬼の姿は、後ろのドアにある。前のドアから逃げれば？　そのまま振り返らず、階段を駆け降り、3年2組の教室へ飛び込む。でも、そこにも誰もいなかったら？

夢は夢だ。どんなにリアルでも、四人全員の夢がつながっているとは考えにくい。

実際、今までだって、鬼と自分の存在しか確認できていない。

誰も彼も、校舎内ではひとりぼっちなのだ。ひとりぼっちで、鬼から逃げ回るしかない。

（これは夢だって、三回唱えて……）

本当に、それで夢から覚める？　ギギ、と軋《きし》んだ音をたてて、後ろのドアが開く。

鬼が入ってきた。室内の闇が、どろりと濃いものに変化した気がした。

押し寄せてくる、圧倒的な異形《いぎょう》の気配。どっどっどっ、と心臓の音がうるさい。

怖い。怖い。つかまったら、どうなるの？

（落ち着いて、よく考えてみてね。自分のことも。周りの人のことも）

桜子は考える。必死に考える。わたしは、あれのことを怖いと思う。同時に、あれこそが自分の本性そのものなのではないか、という親近感も抱いている。

恐怖と親近感。優しさと残虐性。人は、そのどちらも兼ね備えた生き物だから。たとえば佳恵は、優しいけれど身勝手だ。紫生は、優しいけれど残酷だ。そして桜子は……。

（桜子さんは、とても綺麗）

嘘だよ。醜いよ。汚いよ。臆病で、子供で、ひとつの圧倒的な事実を到底受け入れられずにもがき苦しむちっぽけな人間。

でも、あの子は、綺麗だと言ってくれた。自意識の外側にいる存在が友達で、その友達の感じ方が、時には正しいと。それなら、それなら――今、そこに迫っている鬼も。

恐ろしいだけの存在じゃないかもしれない。

影が迫る。桜子は段ボールの後ろで震えている。歯を食いしばって、顔を上げる。やけに静かだ。なんの気配もない。

「…………？」

桜子は、そろりと立ち上がった。そして見た。すぐそこに、それはいた。

大きな体軀《たいく》を想像していたのに。まるで違う。暗いから、細部までは見えないけれど、体格的には、桜子とそう変わらない。背中が曲がっているせいで小さく見えるのだろうか。その曲がった背中に、ぼさぼさの毛が覆い被さっていて、鬼というよりも獣のようだ。

そして顔は、驚いたことに、面を被っていた。

ツノは、面についているものだった。

昨年、学校の校外学習で能を観《み》に行った。あの面とそっくりだ。白い面《おもて》に、大きく裂けた口、真っ赤なそこから、牙が覗《のぞ》いている。そして何より驚いたのは。

作り物の、恨めしそうな両眼から、とめどもなく流れ落ちてくるものがある。

知香のおまじないのことは、すでに頭になかった。桜子は、呆然と呟いた。

「……泣いてるの？」

そこで、目が覚めた。

3

鬼の目にも涙、ということわざがあるくらいだから、鬼も泣くことはあるんだろう。

翌日、桜子《さくらこ》は授業中も、気づけば昨夜の鬼の様子を考えてしまっていた。給食が終わり、昼休みの時間になって、すぐに和葉《かずは》に話をしに行こうと思っていた。でも、姿がない。どこかで、ひとりでこっそりおにぎりでも食べているのかな。そう考えると少し笑える。

仕方なく、いつも通りに本を開いてはみたものの、内容がまったく頭に入ってこない。

相葉理央《あいばりお》たちのグループに、ちょっとした変化が生じている。

休み時間の度《たび》に、数人で理央の席に集まって騒いでいるのはいつものことだ。いつもと違うのは、みんなで何かを覗《のぞ》き込んで盛り上がっているのに、千香《ちか》がその輪から微妙に外れて、後ろに立っていることだ。それも、強張《こわば》った笑みを顔に張りつかせて。

どうやらテスト明けにディズニーランドに行くらしく、みんなでお揃《そろ》いの洋服を着たいから、ファッション誌を見て計画を練っているらしかった。

話の中心にいるのは、やはり理央だ。色違いのTシャツにバンダナ買って、あとはデニムにスニーカーね。あたしピンク似合わないから水色でもいい？　えー、理央は何色でも似合うよ、そうだよかわいいもん。えーそうかな、じゃあピンクでもいっか。みんな何色がいい？　あ、イヤリングもお揃いで買う？　お金足りないよー……。

「あ、ねね、そう言えばさ」

理央が無邪気な声をあげる。

「ディズニー奇数だとライドするときに困るかなあ」

「あ、じゃあさ、誰かもう一人誘う？」

美波《みなみ》が応じて、周囲を見渡す。あ、と千香が声をあげた。しかし、示し合わせたかのように五人できゃはは、と同時に笑い、再び理央の机に視線を戻す。

「やっぱ五人でよくない？　このTシャツ、五色しかないみたいだし」

「うんうん、交代で乗ればいいよねー」

「ひとりの時、隣にイケメンが乗るかもよ」

「ブサイクなおじさんだったらやだー」

そしてまた爆笑。

「あーあ。誰かさん、泣きそうじゃない？」

「かわいそうかなあ」

「いんじゃね？　誰かさん、うちらみたいなバカとはもうつるめないってさ」

「そーそ、真面目《まじめ》ちゃんが好きなんでしょ、受験も近いしさぁ」

千香は、とうとう俯《うつむ》いてしまう。教室を走って出ていくのか、その場で泣くのか。

「女子ってこえー」

誰かが呟《つぶや》いた。桜子は本を閉じ、席を立った。そのまま、後ろへと歩いてゆく。

「千香」

名前で呼ぶ。理央たちがしんと静まり、こちらを見る。千香が顔を上げる。やはり泣いている。そうだ。誰だって泣く。苦しければ泣くんだ。桜子以外は。

「今日、相談する約束でしょ」

クラス中が聞いている。まさに不穏な仲間はずれが始まっている理央のグループに、桜子が干渉《かんしょう》するのを、みんなが見ている。いやなのに。もう二度と、クラスのごたごたに巻き込まれたくはない。もう二度と、多数の女子を敵に回したくはない。

でも千香が泣いている。鬼になりかけているクラスメートが泣いている。

「な、なにを?」

千香がびっくりして泣き止《や》んで、戸惑《とまど》った声で聞く。桜子は、はっきりと言った。

「周防《すおう》たちと遊びに行く計画」

教室中がざわめく。有名な話だ。相葉理央が、一年生の時から、紫生《しき》を好きだということ。二年生の時に一度告白して、ダメだったけれど、再び告白する機会をねらっていること。紫生に近づく女子を、片っ端からいじめていること。

紫生は女子のそうした闇を知っていて、何もしなかった。いじめる側も、いじめられる側のことも、心の中で侮蔑《ぶべつ》し、見て見ぬ振りをしてきたんだ。

理央の顔が歪《ゆが》む。周りの女子がうかがうように理央と千香、それから桜子を見る。

「嘘ばっか」

理央が勝ち誇った顔で言い放つ。

「周防が女子と個人的に遊びに行くはずないじゃんね。なに、月島《つきしま》さんてば。千香に同情してそんな作り話してんの？」

桜子はにこっと笑う。誰かを傷つけるのは、時にぞくぞくするほど愉《たの》しい。それが嫌いな人間なら特に。わたしは相葉理央が嫌い。彼女がもっとも傷つき、プライドが台無しになる方法で貶《おとし》める方法を知っている。だって、わたしは鬼だもの。

「周防に誘われたの。門倉《かどくら》とわたしと水瀬《みなせ》さん、それから……千香で遊びに行こうって」

理央が青ざめた。ひゅーっと男子たちが騒ぎ立てる。

「周防マジかよー」

「えっ、てか、なんでそのメンバー？」

「月島さーん、俺ショック」

がたん、と音を立てて、理央が席を立つ。

「嘘つかないで！　なんも関係ないのに周防の名前出すなんて、迷惑だと思わないの？」

「嘘じゃないのに。ねえ、周防」

さあ、どうする？　紫生。桜子は窓際《まどぎわ》の机に座っている紫生を振り向いた。隣に翔平《しょうへい》もいる。紫生と桜子は、互いに互いの目を見る。そんな約束はしていない、と紫生が答える可能性だってある。でも桜子は賭けに出た。

女子のいざこざ。ずっと紫生が軽蔑し、半ば面白がっていたもの。

もしも今、桜子の嘘に乗ってくれるなら、桜子は紫生を許す。三年前のことを許す。

教室中が紫生の返事を待っている。紫生はとん、と机から降りて、

「内緒って言ったのにダメじゃんね」

苦笑しながらもそんなことを言って、こちらにやってくる。桜子は瞠目《どうもく》した。

まだ幼かった、あの夏の日のことが鮮明に蘇《よみがえ》って、頭がじんと痺《しび》れたようになる。

どっと教室が湧いた。冷やかす声、きゃあきゃあと騒ぐ女子の声をかき消すように。

「桜子！」

名前を呼ばれ、桜子はそちらを見る。教室の入り口から紫生が呼んでいる。

「違う場所で相談しよ」

千香と翔平もいる。翔平が笑いながら言った。

「はやくしろよ。昼休み終わっちまう」

千香が、涙が残る顔で笑っている。桜子は三人が待つ場所まで行った。廊下に出ると、そこに和葉《かずは》もいた。和葉が静かに微笑む顔を見て、桜子は、ひどく安堵《あんど》したのだった。


五人で、北棟《きたとう》四階まで行った。自殺のことがあるから、めったに人が来ない。

千香が桜子を見ておずおずと切りだす。

「なんで助けてくれたの？　この前もそうだったし」

桜子は質問には答えず、言った。

「逆に迷惑だったらごめん。相葉さんたちに、さらに恨《うら》まれることになるかもしれない」

千香はちら、と紫生を上目遣《うわめづか》いに見てから。

「うん。でも……どっちにしろ、もう一緒にはいられない感じになってたから」

「いつから？」

千香は自嘲《じちょう》気味に笑う。

「うーん。たぶん、最初から？　三年になってクラス替えして、あたし、二年の時までの仲良しとことごとく離されてさ。沙知《さち》は同小で部活も同じで、まあ仲よかったから、必死にあのグループに入れてもらわなきゃって。でも、全然しっくりこなかったっていうか」

「おまえだけ違うよな」

　翔平がずばっと言う。

「なんか無理してんなー、って感じだった」

　千香は傷ついた顔をしたが、すぐに頷《うなず》いた。

「うん。理央とか美波《みなみ》って、ものすごく可愛いし、男子ともばんばん話せるし……まあ一軍でしょ？　あ、あたしはさあ、見た目もあの子たちとは全然違うし、家もお金持ちじゃないし、お父さん普通のサラリーマンで、お母さんパートで……なに言ってんだろ」

　千香は顔を覆《おお》ってしまった。すすり泣きが廊下に響く。

「無理してたんだ。でも、一緒にいたかった。一緒にいたら、あの子たちみたいに、キラキラした感じになれるような気がしたんだ。でもさ、実際は、あたし、ば、バカにされて……パシリみたいなことやらされて。何回か遊んだけど、私服もバカにされて」

　あの子たちみたいに。自分以外の誰かになりたいと、桜子だって強く願っている。

「うわおまえ、マジかよ」

　翔平が呆《あき》れ声を出す。

「あいつらみたいにって、本気で言ってんの？　どう見たって性格悪い連中の集まりじゃん。男子の中じゃ、評判悪いぜ？」

千香が泣き止み、そろりと手をどける。

「おまえもよー、頭からっぽな女の仲間かと思ってたから、俺、けっこー感動したもんね」

「なんのこと？」

「俺が昨日、妹の話した時。おまえ、自分にも見えたらいいのにって、言ってくれただろ」

翔平は照れくさそうだ。

「おまえだけじゃなくて、ここにいるみんな。バカにしなかっただろ。俺の中でさ、あれ以来、おまえらみんな、いいやつってことになってんの」

千香は黙り込み、やがて、そうか、と洟《はな》をすすり、噛みしめるように呟《つぶや》いた。

「あたし、いいやつか」

「おうよ。だからよ、自分からあんな連中とは手、切れよな」

「そうした方がいいよ」

と、紫生も言う。千香はもう一度洟をすすって、こくりと頷《うなず》いた。

「がんばって、自分から距離を置く……ありがと、門倉。周防くんも……月島さんも」

桜子は首を振った。

「わたしはなにもしてないよ」

「そんなことない。庇《かば》ってくれて、嬉しかった。すごく……すごく、嬉しかった」

千香は目を真っ赤にして、繰り返す。桜子はどう返答していいのか困った。

そうか。千香というこの女の子は、桜子がないものを持っている。自分の感情や欲望に素直であること。それを表現できること。

憧《あこが》れてやまない。千香は桜子を羨《うらや》ましいと言ったけれど、桜子の方も、自分にはない千香の率直さが羨ましい。この感情は、妹の愛佳《あいか》に対する屈折した羨望《せんぼう》と似ている気がする。

でもきっと、千香は、自分の美点には気づいていないのだ。

(友達とは……自意識の外側にいる、未知なる存在)

和葉の言葉を思い出し、彼女を見た。本当だね。そうなのかもしれないね。心の中で呟くと、声が聞こえたかのように、和葉が笑った。

「あ、ところで例の待ち合わせの件だけどよ」

翔平が話題を変えた。

夢の中で鬼に追いかけられたら、3年2組の教室に逃げ込む、という約束のことだ。

「ダメだったな。誰にも会えなかった」

ごめん、と紫生が謝る。

「教室、行こうとしたんだけど……無理だった。そもそも、難しくない？」

「どういうことだよ」

「あの夢で俺、最初っから走って逃げてるんだ。もうあいつが後ろに迫ってて。必死に逃げて、気づいたら毎回同じ場所まで追い込まれてて」

わたしも、と桜子は言った。

「昨日、約束は思い出したんだけど、その時にはもう、ここにいたの」

「ここ？」

紫生が驚いた様子で桜子を見る。

「俺も」

「え？」

「いつも、ここまで追い込まれてる。昨日はそこの、旧視聴覚室に逃げ込んで」

桜子と紫生はお互いを見て、黙り込んだ。翔平が神妙な顔で言う。

「そうか。おまえら、同じ場所に逃げ込んだのに、会えなかったのか」

会えなかった。桜子が見たのは、追いかけてきた鬼が、面をつけたまま泣いている姿だ。

「土田は？」

翔平に聞かれ、千香はなぜか、焦《あせ》ったような顔をした。

「あ、あたしも、気づいたら2組とは全然違う場所にいて、行くのが難しい感じだよ」

「おまえも、ここか？」

千香は慌《あわ》てた様子で首を振った。

「あたし、違う。もっと手前の……そこの階段とこ」

「でも、近くね？」

「そうだけど……違う」

千香は黙り、自分のつま先を見るようにした。怖くて思い出したくないのかもしれない。

桜子は、怖いだけじゃない。恐怖と、それから、興味。あの鬼は、どうして桜子を追いかけてきて、そして追いついたのに、ひとりで泣いていたのだろう。

翔平が息を吐き出す。

「はっきりしたのは、やっぱりお互いの夢はリンクしてないってことか？」

みんなで問うように和葉を見る。和葉は答えた。

「夢の中で会うことはないかもしれないけど、協調はできるということね。いい意味で」

「どういうことだ？」

「夢は違っても、状況は同じ。だから、気持ちをひとつにすれば、それぞれが強くなり、鬼に勝てるかもしれないということ」

確かにそうかもしれない。みんなで、翔平の心に寄り添った。千香を救い出したいと思った。お互いの隠された心に寄り添い、苦しまないでほしいと思った。

「そうだよな」

翔平が力強く言って、握りしめた拳を掲《かか》げる。

「俺たちみんな、鬼なんかにつかまんねーぞ。なあ⁉」

千香が涙の残る顔で、声をたてて笑いだす。

「熱いなあ、門倉。さすがもと野球部」

「うっせーな。おめーらもやれ。ほら、えいえいおーってな！」

「えー、やだよ、ダサい」

千香がさらに笑い、桜子と紫生も笑った。この異様な状況下で。翔平の明るさが救いであることは、間違いがない。

4

しばらく表向きには、何事も起こらない日々が続いた。千香《ちか》は理央《りお》のグループから外れ、桜子《さくらこ》や和葉《かずは》と一緒にいるようになった。桜子もひとりではなく、本を読む時間も減った。翔平《しょうへい》は相変わらず男子と騒ぐこともあったが、紫生《しき》といる時間が増えた。昼休みに給食が終わると、北棟《きたとう》四階の廊下で、五人で過ごすのがお決まりになった。

そこでポツポツと、それぞれの問題を話した。翔平は妹の話。いまだに罪悪感に苦しめられている。いっそ罰してほしかった、と泣いた。千香はできの良い姉と弟の話。

「ほんとあたしだけ、もらわれっ子なんじゃないかと真剣に考えたことがあるんだ」

千香のその話のあとで、桜子《さくらこ》は本当のことが言えなかった。

あのね。わたしこそが、本当にもらわれっ子なんだ。わたしを産んだ女の人が、わたしに会いたいって手紙をよこすんだ。戸籍上《こせきじょう》のお母さんが、それを心配してるの。会ってあげたら、と言いながら、会わないよ、と答えると、あからさまにホッとした顔をするの。

その顔が、わたし、世界で一番怖いんだ。

そういう話を、どういう顔で話せばいいのか、桜子にはわからない。同情されるのが嫌なわけではなく、口にするのが嫌なのだ。口にしたら、自分の気持ちが確定してしまい、もう、戻れない。わたしが、あの完璧なお母さんのことが怖くて、疎《うと》ましいだなんて。

だからもうひとつの話をした。

「六年生の時に、クラスのほとんどの女子に嫌われたことがある」

千香は目を丸くして、「嘘」と呟《つぶや》き、紫生は黙ったまま俯《うつむ》いた。

「月島《つきしま》さんが？　そんなの全然、想像できない」

「本当だよ。ある朝学校に行ったら、わたしの机の周りに女子が集まっていて、声をかけたら逃げるように散ったの。それから、口をきいてくれなくなった」

「原因は？」

千香に問われ、桜子は、紫生に気を遣《つか》いながら、答える。

「もともと、わたしを嫌いな子が何人かいたんだと思う」

きっかけは、夏乃《なつの》が紫生に振られたことだったにせよ。協力してよね、とずっと相談されていた桜子は、具体的な協力ができなかったのも事実だ。

決めるのは紫生だと、ずっと思っていた。夏乃のことは応援したかったけれど、紫生の気持ちを無視して、誰かと付き合わせるなんてできるはずもない。

でも桜子は、何より、夏乃に去られたことがショックだった。

夏乃にはなんでも相談してきた。親のことも、唯一《ゆいいつ》、相談した。

女子たちに仲間はずれにされて数日後、桜子の机には「捨て子」と書いてあった。親切な女子が、教えてくれた。ＳＮＳのクラス女子グループがあって、そこで、夏乃がバラしてたよ。そこで毎晩、明日はどうやって桜子をいじめるか、みたいなことが話し合われてるよ。桜子はまだスマホを持っておらず、そんなグループがあることも知らなかった。

「でも、おかげでわたし、強くなれたしね」

桜子はさっぱりとした口調で言う。

「結局、女子ってひとりじゃ不安だから群れる。群れるから、ひとりが怖い」

「確かにね。だから理央たちは、いじめにもちょっとしたテクニックを使うかも」

千香が同意した。翔平が困惑《こんわく》した顔をする。

「なんだあ、いじめのテクニックって。男子にそんなのねーぞ、今のところ」

「女子はうまいんだよ。だってさ、今時、わかりやすいいじめをやったら、親や教師にバレて、問題になるじゃん。それで、大ごとになって、いじめた側が逆に吊るし上げられたりする。だから、巧妙なやり方でいじめるんだよ。それが外しだよね。表面上は同じグループにいるってことになってるんだけど、内緒で遊びに行ったりして、その子にだけ孤独感を味わわせる。お揃《そろ》いのペンや髪ゴムをこれ見よがしに使ってたり。そういうの」

「くだらねーな。そんなの、こっちからお断りだわ。あ、だから月島は、そもそもひとりでいることを選んだってわけか」

桜子は頷いた。

「無くすものがなければ、仲間に執着しなければ、いじめようがないから。ずるいけど」

「ずるくていいと思う。自分を守るためだもん」

千香が呟き、ずっと黙っている和葉に話を振った。

「水瀬《みなせ》さんは？　友達関係とかで、苦労したことないの？」

「もちろんあるわ」

和葉は即答した。翔平がぽん、と手を叩く。

「わかったぞ。おまえ、根暗っぽいから、それこそ仲間はずれにされてたんだろ」

「ちょっと門倉《かどくら》、茶々入れないでよね」

千香がねめつける。和葉が、いやいや、と手を振った。

「仲間はずれなんて、そんな贅沢《ぜいたく》なこと」

みんな、えっと目を見張った。

「贅沢？」

「だって、そもそも仲間なんていなかったし」

「クラスメートは？」

過疎《かそ》が進んだ田舎《いなか》の学校で数人しか同級生がいなかったとは聞いたが、皆無だったわけではないみたいだし、普通に学校も通っていたと聞いている。

「だから、そのクラスメートが、わたしとはそもそも友達にすらなってくれなかったの」

「なんでだよ。やっぱりいじめか？」

自分もからかったくせに、翔平は心配そうに聞いた。

「みんな、自分の家で言われて育つから。水瀬の家は鬼守《おにもり》だから、下手《へた》に怒らせると祟《たた》られるって。だから喧嘩もできない。教師もわたしに対しては、腫《は》れ物に触るようだったわ。他の子が怒られたことをわたしがやっても、絶対に怒られないし、目も合わせない」

「ひでーな。田舎もえげつねー」

怒る翔平に、和葉は笑う。

「田舎だからこそよ。あの土地では、今も古い慣習が守られて、昔から変わらぬ価値観で土地や家族を守る人々がいるの。鬼が二度と暴れないように水瀬の鬼守は必要だから、鬼守の機嫌を損《そこ》ねたりしてはならないけど、逆に馴れ合ったりするのもいけないって」

「おまえ、怖がられてたのか」

「そうなの。わたし、怖くないのに。人はもちろん、虫も殺せないし」

「虫も？　え、え、ゴキブリも？」

千香が驚いた声をあげる。和葉は首を傾《かし》げた。

「ゴキブリ。ああ、こちらに越してきてから初めて見たわ。あの茶色くてツヤツヤした虫ね。台所で何回か見かけたけど。あ、黒くてツヤツヤしたやつも」

「や、やめてえ」

千香が耳をふさぐ。桜子も、虫は苦手な方ではないが、ゴキブリはさすがに嫌だ。

「とにかく怖くはないわ。けっこう優しいし。動物には好かれるし」

「……水瀬ってやっぱ変わってんなあ」

「あのさ、悪いことかもしれないけど、聞いていい？」

ずっと黙っていた紫生が、少し言いにくそうに和葉を見た。

「俺、ずっと不思議だったんだ。この学校で、なんで、同じクラスのやつばっかりが四人も、鬼化が始まったのか。水瀬が……転校してきたからか？」

それは桜子も疑問に思っていた。和葉の素性《すじょう》、最初からすべてわかっていたことといい、ここまでの偶然は普通ありえない。

「わたしは鬼守で、鬼を見つけることはできるけれど、誰かを鬼にすることはできないわ」

和葉は別に気にするそぶりもなく、答える。

「なぜならわたしは、優しい人間」

「もういいよ、それ」

翔平が呆《あき》れ顔で突っ込む。

「水瀬が原因じゃねえなら、なんで、俺たち四人、同時に鬼化が始まったんだ？」

「自分が嫌いで、死んでしまいたいとさえ思っているからじゃない？」

はっきりとした言葉に、全員が黙り込んだ。和葉は、さらに、

「それから、あなたたちのように、複数で同時に鬼化が始まった原因としては……共通して憎む誰かの存在が、考えられる」

「共通して憎む……？」

桜子は眉を寄せた。

「そう。四人とも、同じ人間を憎んでいる。そしてこの中の誰かが、もっとも強い殺意を、その人物に抱いている。それぞれの素因に加えて、ひとりの強い憎しみに引きずられる形で、同時期の鬼化が始まったのかも」

「わかった」

翔平が声をあげる。桜子は、びくっとして翔平を見た。

「俺が殺したいのは俺と、もうひとりしかいねえ」

「だ、誰よ、それは」

かすかに震える声で千香が聞く。桜子も脳裏にその人物を思い浮かべる。

実生活において、日々、桜子が顔を見るのも苦痛な相手は。はたして翔平は言った。

「小野早苗《おのさなえ》。担任だよ。俺、あいつだけは、絶対に許せねえ」

千香が口元を押さえ、桜子は瞬《まばた》きもせず、翔平を凝視《ぎようし》する。

同じだ。桜子は、確かに小野先生を憎んでいる。

「月島さんは、本当に優秀なのねえ」

四月。クラス替えをしたばかりの月曜日、職員室に呼ばれた桜子は、小野早苗にいきなりそう言われた。桜子はただ、早苗を見つめた。普段、教師から叱責《しっせき》されることなどない桜子だったが、職員室という場所はやはり苦手だった。

この時まで、桜子にとって、小野早苗という教師は、あまり印象に残っていない女性に過ぎなかった。赴任してきてまだ数年、ここが母校で、国語教師、背が低くて、桜子の方が高い。白いブラウスに、ふわっとしたスカートかワンピース。色白で、目が細く三日月型、怒っている時も笑っているような印象。話し方がおっとりしているせいか、生徒たちからも「可愛い」と言われている。相葉《あいば》理央たちに、「先生、化粧品どこの使ってるんですかあ」「彼氏いるんですかあ」などと気安く話しかけられても、笑いながら優しく答えている。

肩のあたりまでゆるくパーマをかけた髪型に、ナチュラルメイク。決して高圧的なところなどかけらもないのに、この日、桜子はなぜか少し緊張していた。

「先生」

何も言わず、ただにこにこと笑って桜子を見つめる早苗に、桜子は焦《じ》れて、用件を聞こうとした。すると早苗が笑みを深くして言った。

「ああ、ごめんね。月島さん、あんまり綺麗な顔立ちだから、思わず見惚《みと》れちゃった。先生ねえ、綺麗で可愛いものが大好きなの」

ほら、と言って、早苗は机の一番上の引き出しを開けた。そこには、ガラス細工の動物たちがたくさんいた。うさぎ、クマ、馬、ペンギン、白鳥、カメ……ガラスは白やピンク、水色で、引き出しの底に敷かれた赤いフェルトの布の上に、きちんと並べられている。

「全部、先生の宝物なのよ。この引き出しだけ鍵がかかるから、ここにしまっているの。他の子たちには内緒ね？」

うふふ、と早苗は少女のように笑う。桜子は困惑《こんわく》し、ただ、黙って早苗を見つめ返す。

「あの……それで」

「そうよね。早く用件を言ってほしいわよね。じゃあ、言います」

茶目っ気のある微笑を浮かべる様子が、奇妙に幼い。桜子は急に、早苗の、ハートの形をしたイヤリングや、小さなリボンが散った柄スカートを、子供じみている、と感じた。いつも持ち歩いているピンク色のファイルに貼られた、「さなえ」というテプラシールも。

もちろん、今見せられたばかりの引き出しの中身も。子供じみているし、芝居がかっている。桜子が緊張し、身構えていると。

「クラス委員をね、あなたにやってほしいの」

と、早苗は言った。意外な用件だったので、桜子は目を見張った。

「クラス委員ですか？」

「そうなの。明日の総合の時間にみんなで話し合って決めることになっているでしょう。そこで月島さんに進んで立候補してもらいたいの」

「でも。話し合いで決めるんじゃ……」

「そうよ？　そこで挙手してほしいの」

「他にやりたい人、いると思います」

　3年2組には、生徒会に所属している生徒が、確かふたりくらいいたはずだ。一年生の時から、クラス委員は、生徒会役員か体育祭実行委員が兼任するのが普通だった。中には、内申点のため、と割り切って立候補する人もいるらしい。

「先生は月島さんにやってほしいのよ」

　優しい声で、上目遣いに桜子を見上げて、早苗が言う。間近で見る早苗の目は、左右の二重《ふたえ》のバランスが奇妙に違って、気持ち悪い。

「どうしてですか」

　当然、桜子は聞いた。すると早苗はにっこりと笑って言ったのだ。

「あなたが学校生活に手を抜いているように見えるから」

「手を抜いている？」

「あら、心外って顔ね。もちろん、月島さんは成績も優秀だし、一見、非の打ち所がないわ。でもねえ、学校生活そのものを、月島さんは楽しんでいないでしょう」

「そんなことはありません」

桜子の中であるスイッチが入る。厄介《やっかい》な大人を前にした時は、できるだけ大人びた態度をとることだ。ただ静かに、冷静に返答し、自分の意志だけはきっちりと通す。

「学校は楽しいです」

「そう？　でもよく、ひとりで過ごしているみたいだけど」

「ひとりが好きなんです。今に始まったことじゃないので」

「寂《さび》しいって思うこともあるでしょう？　お友達と恋バナしたり、遊びに行く計画立てたり。女子ってそういうのが好きでしょう？」

この先生。おっとりとした容姿と物言いのくせに、人を決めつける。笑っていない時も笑っているような印象かと思ったけれど、違う。逆だ。三日月型の瞳は笑っているのに、まったく笑っていない。細くて真っ黒な瞳が、粘着質に桜子に絡《から》みつく。

「先生はそういう女子だったのかもしれないですが、わたしは違うので」

「まあ」

早苗は悲しそうな顔をした。吐き気がした。

「先生ねえ、2組を、素晴らしいクラスにしたいのよ」

ねっとりとした声で、早苗は食い下がる。

「そのためには、綺麗で頭脳明晰《めいせき》な月島さんの協力がいるの。みんな仲良く、そりゃみんな難しい年齢だから、もめ事もあると思うのね？　でもそれも、素晴らしい、みんなが憧《あこが》れちゃうような子たちがクラス委員だったら、すぐに解決できるでしょう？　先生も協力するし、とにかく明るくて楽しいクラスにしたいから、月島さん、引き受けてくれるわよね？」

桜子は呆れて、しばらく言葉を返すこともできなかった。

しかしふと、早苗の言葉が引っかかった。みんなが憧れちゃうような子たち？

「先生。男子は誰に頼むんですか？」

クラス委員は男女ひとりずつだ。早苗はうふふ、と少女のように笑った。

「周防《すおう》くんにお願いするつもり。あなたたち、確か同じ小学校出身だし、仲いいわよね？」

「別によくはないです」

中学ではまったく話していない。何を言いだすのだと、さらに嫌悪感を募《つの》らせた。

「先生。わたし、お断りします。先生の理想のクラス作りに協力できなくてすみません」

ぺこりとお辞儀をして去ろうとした時。

「お母様が悲しむわよ」

早苗が言った。顔を上げると、初めて見る、真顔の早苗と目が合った。底冷えのする暗い瞳をしていた。

「母が、なんの関係があるんですか？」

「お母様、あなたに、まっとうな学校生活を送ってもらいたいと思っているでしょうに」

「母と話したんですか？」

なんのために？

「いいえ、お話ししてないわ」

なるほど。これもこの小野早苗流の決めつけというやつだろう、と桜子は思った。

はっきりと言ってやればいい。それは妄想《もうそう》だと。何が楽しい学校生活か、捉《とら》え方は個人違う。まして、紫生とふたりでクラス委員なんて、トラブルの予感しかしない。

「先生、わたしは……」

早苗は桜子の言葉を遮《さえぎ》るように、ピンクのファイルを、指先でトントン、と叩いた。

「お母様とは話せないわよ。だって離れて暮らしていらっしゃるのでしょ？」

血の気が失せる、とはこのことだ。桜子は早苗のパステルピンクの唇を凝視《ぎょうし》した。

「先生がお話ししたのはねえ、お母様……あ、あなたの実のお母様じゃなくてね？　小学校時代の、養護教諭の先生です」

六年生の秋から数日間。桜子は保健室にいた。ずっとそこに登校していた。夏乃やクラスの女子からの嫌がらせに耐えきれず、保健室に逃げ込んでいた。保健室の田口《たぐち》先生は、優しい女の先生で。桜子の話をたくさん聞いてくれた。桜子はすべてを、田口先生に話してしまった。夏乃のこと。クラスの女子のこと。それから、特別養子縁組のこと。

優しい、穏やかな田口先生。気持ちに寄り添ってくれて、背中をさすってくれて、時々、ジュースを出してくれた先生。

こんな裏切りがあるだろうか。なぜ生徒の秘密を、進学先の教師に教えたりするのだろう。早苗はピンク色のファイルを開いた。

「田口先生も、月島さんのこと、心配されていたわよ？　ええと……、あの子は本当に優秀で素敵な子だから、中学校でちゃんと居場所を見つけられていたらいいんだけどって。先生も一緒になって泣いちゃったわ。あなたの生い立ちが、本当にかわいそうで」

早苗の瞳には実際にうっすらと涙が溜まりはじめている。あのファイル。いつも持ち歩いている。いったい、どんな情報がおさめられているのだろう？

桜子は、倒れ込みそうになるのを必死に耐えた。早苗はファイルを閉じ、目元を拭《ぬぐ》って、にっこりと笑う。

「月島さんが引き受けてくれなかったら、最初のクラスの話し合いは、『養子縁組』について、にしようかと思っているの。だって素晴らしい制度だし、みんなにも知ってもらいたいのよ。実際にこの制度で救われた赤ちゃんが、同じクラスにもいるってこと」

完敗だった。桜子はうなだれて、呟いた。

「……クラス委員をやればいいんですか」

「まあ、ありがとう！」

ぎゅっと手を握られた。ぽっちゃりとした白い手は湿っていて、全身に鳥肌が立った。

「一緒に2組をすばらしいクラスにしましょうね！」

桜子は職員室を出て、トイレに直行した。後ろ手に個室のドアを閉めて、思い切り胃の中のものを吐いた。それから時間をかけて手を洗ったが、どれほど洗っても、早苗の湿った手の感触を拭《ぬぐ》い去ることはできなかった。

昇降口に向かった千香は、あ、と足を止めた。理央たちが、出入り口付近で固まって話している。そんな、と思わず下駄箱の陰に身を隠す。

いつも、沙知《さち》と一緒に帰っていた。帰る方面も部活も同じだったから。でも今の状況を考えたら、一緒に帰れるはずもない。休み時間に桜子にメモを渡されて、例の五人で帰る予定でいた。昼休みは時間が足りず、いったん解散になったので、小野早苗のことをさらに話し合うためだ。だから少し時間をずらして昇降口に来たのに、理央たちがいるなんて。

ドキドキして、冷や汗をかいてきた。どうしよう。なんでいるの？

あたしのこと、待っているんだろうか。嫌な予感と期待が半分。意地悪してごめんね、今日はみんなで帰ろ？　すぐに着替えてみんなで遊びに行こ？　駅前の新しいカラオケルーム、まだ行ってなかったじゃん？

そんな期待は馬鹿げている。じゃあ、みんなで千香をとっちめるために待ち構えている？　裏切り者の千香。理央たちを裏切って、よりによって周防紫生にすり寄った。

「……あたしが悪いんじゃないもん」

千香は小さな声で呟く。そうだ。千香は何も悪くない。最初に意地悪をしてきたのは理央たちの方だ。千香は何も悪くなくて、その証拠に、神様は、紫生と仲良くなれるチャンスをくれた。額《ひたい》にツノが生えているこの異様な状況でさえ、千香は嬉しいのだ。

紫生と初めて、まともに話すことができた。これから、きっと、もっと仲良くなれる。今日だって、二人きりじゃないけど、一緒に帰るし。

　理央たちなんか、今や、クラスの一軍でもなんでもない。一軍の女子なら、学年で一番かっこいい紫生とだって、親しいはずだ。でも、理央は紫生に嫌われている……と、思う。少なくとも、二年生の時に理央が勇気を出して告白した時は振られている。

　さんざん、聞かされた。紫生がどんなに申し訳なさそうだったか。理央のことは可愛いし友達としては好きだけど、紫生は今のところ恋愛に興味がないから、付き合うことはできないと。中途半端な気持ちで付き合ったら、きっと理央を傷つけることになるから、と。

　理央はすっかり舞い上がって、紫生のことをますます好きになってしまったのだ。

　バカみたい、と千香は思ったものだ。

　そんなの、紫生流の振り方に決まっている。全部の女子にそう言っているのだ。

　それなのに、理央や他の紫生に振られた女子たちは、自分だけは特別だと思っている。

　でも、今は。千香の方が、紫生にとって、よほど特別だ。理央たちより立場が上なのだ。

　勇気を出そう。もう、一緒のグループにはいられないけれど、許してあげてもいい。無視しないで、おはようとか、バイバイとか、普通に話せる関係でいられるなら。

　千香は深呼吸をひとつして、踏み出した。いっせいに、理央たちの視線が千香に刺さる。足が震えた。それでも精一杯の笑みを浮かべて、明るく聞いてみた。

「帰らないの？」

とたん、理央の顔が歪《ゆが》んだ。しまった、と後悔したけれど、もう遅い。理央は獲物を見つけた猛禽類《もうきんるい》のような鋭い瞳で、千香を睨《にら》みつけた。

「話しかけてくんなよ、ウザ！」

周りの子たちも、それを合図にしたかのように、次々に罵倒《ばとう》を浴びせてきた。

「てか、視界に入ってくるだけでむかつくんですけどー」

「もう学校に来ないでほしいよね」

「周防にちょっと優しくされたからって調子乗んなよ」

「おまえなんか、ゴミ以下なんだよ。こっち見んなよ、キモいから」

千香は青ざめ、思わず、救いを求めるように沙知を見た。

沙知は、理央たちとは少し違い、どこか苦しそうだ。必死に、すがるように彼女を見つめた。しかし沙知はふいっと顔を背《そむ》け、信じられない言葉を吐き出した。

「来週からあんたの席ないから。うちら、全力であんたがクラスにいるのを邪魔するから」

千香は声を出すこともできなかった。よろめきながら、下駄箱から、自分の靴を出そうとする。でも、靴がない。ケラケラと笑い声があがって、とっさにもう一度理央を見た。

見慣れない不透明のビニール袋をぶら下げている。

「それ……」

集英社 〒101-8050 東京都千代田区一ツ橋2-5-10 ※表示価格は本体価格です。別途、消費税が加算されます。

コバルト文庫新刊案内

11月刊 好評発売中

【毎月1日頃発売】 cobalt.shueisha.co.jp @suchan_cobalt

大人気、後宮シリーズ最新刊!

後宮剣華伝
烙印の花嫁は禁城に蠢く謎を断つ

はるおかりの イラスト／由利子 本体610円

政略結婚し、顔も見ない皇帝との関係に嫌気がさした皇后・宝麟《ほうりん》。気晴らしに氷嬉《スケート》に興じていた際に出会った宦官の前では自分を飾らずにいられるが、彼の正体は夫の勇烈《ゆうれつ》で…!?

伝説の少女小説、復刻版第2弾!

なんて素敵にジャパネスク2

氷室冴子 解説／前田珠子 本体640円

新しい帝となった鷹男《たかお》から送られてくる手紙や使者にうんざりの瑠璃姫《るりひめ》。立場上強く出られない許婚の高彬《たかあきら》に業を煮やし、出家しようと尼寺に駆け込んだその夜、実家が炎上して!?

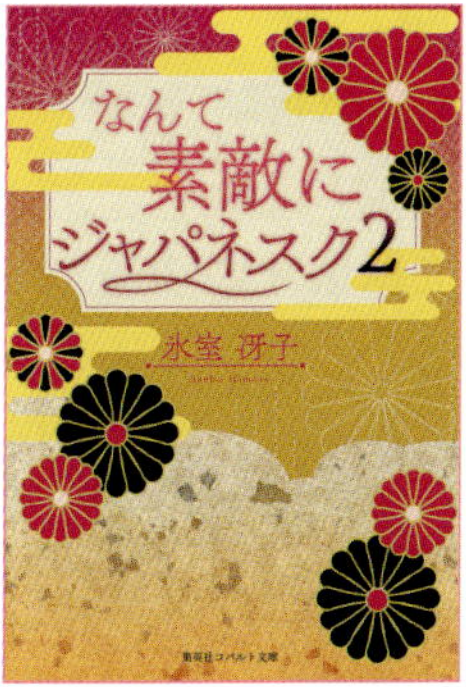

『【復刻版】なんて素敵にジャパネスク』『ジャパネスク・リスペクト!』

応募者全員プレゼントのお知らせ

『【復刻版】なんて素敵にジャパネスク』『ジャパネスク・リスペクト!』
『【復刻版】なんて素敵にジャパネスク2』のうち
2冊をご購入のうえご応募いただいた方全員に、

ジャパネスク小冊子をプレゼント!

『【復刻版】なんて素敵にジャパネスク』『ジャパネスク・リスペクト!』『【復刻版】なんて素敵にジャパネスク2』のうち、いずれか2冊の応募券でご応募できます。詳しくは、上記タイトルのオビ折り返しをご確認ください。※同じタイトル2枚でのご応募は無効になります。

2018年12月の新刊 (11月30日(金)発売)

※タイトル・ラインナップは変更になる場合があります。

魔法令嬢ともふもふの美少年	江本マシメサ	イラスト/カスカベアキラ
英国船来幻想譚 —契約花嫁と偽物紳士の甘やかな真贋鑑定—	藍川竜樹	イラスト/椎名咲月

電子オリジナル作品 (好評配信中)

月下薔薇夜話《げっかそうびやわ》 ～君の血に酔う春の宵～	真堂 樹	イラスト/浅見 侑

11月30日配信開始予定! ※タイトル・ラインナップは変更になる場合があります。

王立探偵シオンの過ち3 罪よりも黒く、蜜よりも甘く	我鳥彩子	イラスト/THORES柴本
玉響《たまゆら》 —妖し姫恋奇譚—	藍川竜樹	イラスト/紫 真依

12月21日配信開始予定! ※タイトル・ラインナップは変更になる場合があります。

白き断章 すべて雪の如し 後宮シリーズ短編集 二	はるおかりの	イラスト/由利子
ちょー東ゥ京2 ～カンラン先生とクジ君のちょっとした喧嘩～	野梨原花南	イラスト/宮城とおこ

ああ、そうか。だから、いつまでも帰らずにここにいたのだ。

千香の読みはある程度は正しかった。彼女たちは確かに、千香が出てくるのを待っていたのだ。靴がないことを発見した千香の反応を見るために。

「あたしの靴……」

「ええ？　靴がないのぉ？　たーいへん」

くすくすくす、と笑い声が混ざる。どうしてだろう。なんでこんなことになっているんだろう。考えろ、考えろ。理央たちは、目立ったいじめはしないはず。内申に影響するし、親や教師に知れたら厄介なことになるから。

だから陰湿に、わかりにくい形で外しをやっていた。それなのに、これは。

これじゃあ、まるで、あの時と一緒だ。美波《みなみ》が、にやっと笑った。

「ねー、思い出すよね？　あんたってば、あの時の鈴木《すずき》と一緒」

この中で、一年の時も一緒のクラスだったのは、美波だけだ。

「なによ。忘れたの？　あんたの、一年の時の大親友じゃん」

鈴木。鈴木芽衣子《めいこ》。やめてやめてやめて。あのことを、思い出させないで。

千香はかばんをぎゅっと胸の前で抱きしめるようにして、理央たちの横を抜けた。そして上履《うわば》きのまま、昇降口から外に飛び出した。桜子たちとの約束は、すでに頭になかった。

ケラケラと笑い声が背中を追いかけてくる。やめてやめてやめて。思い出したら……千香はもう自分を止められなくなる。あたしが悪いんじゃない。泣きながら、千香は走った。

悪いのは全部、小野先生だ。

桜子が昇降口に行くと、紫生と翔平、和葉が待っていた。

「土田《つちだ》さんは?」

「いや、俺たちだけ」

紫生が答え、翔平が下駄箱を端から探しだす。

「土田土田、あ、ここか。靴ないぜ? 先に帰ったんじゃね?」

桜子も自分の目で確認する。週末だから、上履きも持って帰ったのだろう。千香の下駄箱は空だった。急ぎの用事でもあったのかもしれない。それとも、休み時間にメモを渡しただけだから、うまく伝わらなかったか。

「とにかく帰ろ。俺、今日も塾だから」

紫生がカバンを背負い直して促《うなが》す。桜子も靴を履き替え、上履きを靴袋に入れた。

少し時間をずらしたせいか、生徒はほとんどいなかった。二年生まではまだ部活をしているが、引退した三年生は、受験に向けて塾に行っている生徒も多い。

「おまえどこの塾行ってんの？」

歩きながら翔平が紫生に聞く。

「駅前のK塾」

「うっわ、よく入れたじゃん。あ、てか、おまえ頭いいんだっけ」

むかつくなー、と言いながら翔平は笑っている。

「それに実は金持ちとか？　あそこってすげー月謝高いって、親が言ってたぞ」

「さあ。金払ってんの親だし」

桜子は紫生の横顔を見る。前髪のせいで、表情はわからない。でも……紫生は、この話題を嫌がっている。家族のことに触れられたくないのか、塾の話が嫌なのか。

紫生の母親は、小学校やピアノの発表会で、何回か見たことがある。紫生に似ていて、すごく綺麗な顔立ちの人だ。背がすらっとしていて、授業参観にも、洗練されたワンピースを着てきていて、他のお母さんたちとはまったく違っていた。

「ねえ、小野先生のこと、相談するんでしょ」

話題を変えるためにも、桜子は本来の議題を持ち出した。翔平と紫生、桜子と和葉で、並んで歩いている。県道をまたぐ陸橋を渡りきったところまでは、全員同じ帰り道だ。

陸橋を降りる階段の上あたりで、みんな、立ち止まった。

「小野のことは、俺は絶対に許せねえ」

翔平は県道を睨みつけるようにして言った。

「三年になったばかりの頃さ、俺、教室の窓ガラス割ったことあっただろ？」

あー、と紫生が答える。桜子も覚えている。別に翔平は反抗心で窓ガラスを割ったのではない。休み時間にふざけていて、教室でキャッチボールを始めて、それで割ったのだ。

「あの日、職員室に呼ばれてよ。小野に説教くらった」

「門倉だけじゃないでしょ？　香川《かがわ》くんたちもでしょ？」

いつも翔平とふざけている野球部のメンバーを思い出して聞くと、翔平は首を振った。

「いや、俺だけ」

「どうして？」

「俺を抑えれば、あいつらも抑えられると思ったからだろ」

「抑えるって。小野先生は、門倉に悪ふざけをやめてほしいって言ったの？」

桜子は意外だった。翔平は、クラスのムードメーカーだ。時々いたずらが行きすぎることもあるが、それは誰かを傷つけるものではないし、クラスに笑いが生まれるのは、翔平が盛り上げているからだ。

「コントロールしろって」

「ボール？」

「ばーか。ふざけだよ。行きすぎるなって。窓ガラス割ったら問題のあるクラスだとレッテルを貼られるし、自分が困るからだとよ。あいつさ、割れた窓ガラスも自分が弁償するから、親には言わないって約束までしたんだ。普通は親が弁償するらしいけど」

それは、早苗が言いそうなことだとは思った。

「でも、それで憎んでいるわけじゃないんでしょう？」

「もちろん違う。この話には後日談があって……」

翔平は、しばらくの間は学校でおとなしくしていた。ガラスを割ってしまって、弁償までしてくれた早苗に感謝もしていた。正直、親に言わないでいてくれるのはありがたいとも。

「でも、三日くらい？　したら、俺、また呼び出されて。あいつが言ったんだ。俺がおとなしすぎるって。笑うだろ？　適度にふざけろって言うんだ。クラスを明るく保つために」

桜子は無意識のうちに手のひらを制服のスカートにこすりつけた。

「俺、それは難しいって答えたんだ。俺がふざけてんのは、俺が好きでやってることだろ？　クラスの雰囲気とか、小野の理想のクラス作りのために動くなんておかしいだろ？」

普通の中学生なら、反発を覚えて当たり前だ。けれど、早苗はその反発を許さなかった。

「俺の手を取ってよ、ぎゅっと握りしめて言うんだ。俺が言うことを聞かず、適度にふざけなかったら、死んだ妹が悲しむって。3年2組の生徒なら、与えられた役割をこなすべきだって。もしもそれを放棄するなら、俺のせいで死んだ妹が浮かばれないって。関係ねーだろ？　なんで俺が小野の言うなりになることと、妹の死が関係あるんだよ」

「でも、脅《おど》されたんでしょ」

桜子は硬い声で言った。

「言うことを聞かなければ、役割をこなさなければ、妹さんのことをみんなに言うって」

翔平は顎《あご》を引き、唇から振り絞るような声で言った。

「総合の時間の議題にするって。題目は……罪と罰、だとよ」

桜子は目を閉じる。自分の時のことを思い出し、背中が強張《こわば》った。しかし、その緊張がふっと和《やわ》らぐような温かさを感じ、目を開けると、和葉がすぐそばにいて、桜子の肩に手を置いている。和葉は、にこっと笑った。紫生が翔平に聞いた。

「それでおまえのふざけ、パワーダウンしてたのか」

「気づいてたのかよ」

「そりゃね。でも、小野はどうして翔平の事情を知ってたわけ？」

「小学校の時の元担任に会いに行ったって言ってた。それから、俺、学童クラブに入ってたんだけど、そこの責任者にも会いに行ったって」

「じゃああいつは、クラス全員の過去をリサーチしてるってことだな」

「おまえも探られたのかよ？」

「まあね」

紫生は頷いたが、厳しい横顔を見せて、詳細を自分から話すつもりはないようだった。

翔平も察したのか、深く問いただそうとはしない。

「おまえは？」

その代わりに、桜子に顔を向けた。桜子は迷う。翔平は、すべてを話してくれている。自分も話すべきだ。でも……どうしても知られたくないことがある。

「ごめん。今は……自分の事情は話せない」

「おまえもかよ」

「門倉を信じていないわけじゃないの。自分が信じられないの。言葉にしたら、その言葉の強さに、もう引き返せなくなる気がするんだ。引き返せないっていうのはね、わたしが、誰よりも先に鬼になってしまうってこと」

「おまえ」

翔平が息を呑むようにした。

「そんなに追い詰められてるのか」

「みんなもそうだと思うけど、わからない。苦しいのはみんなそれぞれで、誰かと比較できるものでもないから。だけど、小野先生に脅されたのは一緒。小学校の時の……わたしが唯一《ゆいいつ》信頼してた先生に話を聞きに行って……脅された」

「クラス委員を引き受けなければバラすって？」

紫生が言い当てた。

「やっぱり。おかしいと思ったんだよね。桜子、そんなタイプじゃないから」

「紫生も」

ふたりが立候補し、クラス委員はすんなりと決まった。早苗はあの時満面の笑みで、はしゃぐようにずっと手を叩いていた。頬まで染めて。

「じゃあ、おまえは？」

翔平が和葉を見る。和葉は、首を傾《かし》げた。

「わたしは何も脅されてない」

「小野のことだから、クラス全員の弱み、把握してんじゃねーかと思ってたけどな」

確かに。あのファイルの中には、２組三十二人分の情報が収められているに違いない。

「脅すネタが見つからなかったのかもしれない。わたし、転校生だし」

あ、でも、と和葉は続けた。

「確か、転校早々、一度だけ職員室に呼ばれたわ」

「呼ばれてんじゃんかよ」

「わたしが、協調性がなさすぎるって、たしなめられたの。確か秋の校外学習の班決めで、わたしだけあぶれているのに、誰かに入れてとお願いもしなかったからと。でも結局余った人たちでひとつの班になれたので、問題なかったと思うの」

その様子があまりにも淡々としていたために、協調性がないと言われたのだろう。

「もっと、自分から明るく話しかけるように言われたわ」

「それで、なんて答えたんだよ？」

「もっともなことだと思ったので、はいそうします、ご助言ありがとうございます、本当に痛み入ります、ご親切にどうも、恐縮です……って思いつく限りのお礼を言ったわ」

目に浮かぶようだ。心配顔で説教をする早苗と、にっこりと微笑みさえ浮かべて優雅にお辞儀をする和葉が。

「それで、翌日から周囲になんとなく話しかけてみたの。ああ、桜子さんにも」

「え？　なんて？」

「えーっと。ああ、昨日の夕食は何を食べましたか、だったような」

「わ、わたし。なんて答えてた？」

「確か、すごく奇妙そうな顔をして、肉じゃがだったけれどって」

申し訳ないが、桜子にその記憶はない。和葉の印象が途中で変わったこともない。ずっと静かで、ひとりが好きな転校生、といったイメージだった。

「……ようするに、水瀬は不思議すぎて小野は支配できなかったってことか」

「ほんとに」

思わず翔平に同意し、それから一拍置いて、紫生も、同時に笑いだした。

「何がおかしいの？」

「いや。おまえさ、ある意味すげーよ」

翔平が一番、ゲラゲラと笑っている。

「あの小野の毒からうまく抜け出してる」

なるほど、と和葉は納得がいった様子だ。

「毒ね。うまいことを言うのね」

「俺、思ったんだけどさ」

紫生がふと、真面目《まじめ》な顔で言った。

「実は、小野こそが、本物の鬼じゃない？」

鬼。毎晩のように、校舎内で追いかけてくるあの鬼。泣いているのを見たのは一度きり。あれ以降は、前までと同じように、北棟四階まで走って逃げて、そこで目覚めることができている。

「水瀬が言ってた、封印の岩から逃げ出した鬼。だったら、小野を殺せば、俺たちの鬼化も終わるんじゃない？」

桜子は紫生を見つめた。紫生の瞳は強い。本当に、強い気持ちで言っている。小野早苗を殺そうと。

「そうだな」

翔平までが同意する。

「あいつは、死んだ方がいい」

「でも」

桜子は乾いた声で聞いた。

「もし、違ってたらどうするの？」

本物の鬼が、小野早苗じゃなかったら。

「疑う余地なんかあるもんか。鬼そのものじゃねーか、あいつ。それによ、小野がこの学校に来たのって、例の体育館工事が始まったあたりだろ？　いろいろ辻褄《つじつま》が合う」

「でも、今のところ状況証拠しかないじゃない」

「なんか、あるはず」

紫生が和葉に向き直る。

「あるだろ？　これは鬼に違いないっていう証拠になるものが」

「ある」

あっさりと、和葉は答えた。藍色に煙《けぶ》る綺麗な瞳で三人を順番に見て。

「鬼の血は、青いの」

「青？」

「目が醒めるような、群青色《ぐんじょう》をしているそうよ」


千香は、理央たちから逃げるように家に帰った。上履きのまま。

幸い金曜日だから、上履きは洗って月曜日に持っていけばいい。運動靴は、他に二足持っているから、それを使う。でも……次にまた隠されたら？　ううん、運動靴じゃ済まないようないじめが始まってしまったら？　あの一年生の時みたいに。

「最悪……担任が早苗っちだってのに」

ベッドに寝転んで天井を見上げ、千香は絶望的な思いで呟いた。

（殺したいほど憎んでいるのはひとりしかいねぇ）

翔平はそう言った。千香も、そうかもしれない。

死ねばいいのに、と思った人間はたくさんいる。翔平のことも、一度は思った。土ブタ、と千香をからかったから。でも、殺したいほど憎むとなれば話は別だ。

小野早苗。今の担任。千香が一年生の頃、大好きだった国語教師。

早苗は本当に優しかった。話しやすくて、美人じゃないのに、ふんわりとした、柔らかな雰囲気があって親しみやすく、生徒に慕《した》われていた。千香も、彼女に懐《なつ》いていた。

あの頃ずっと一緒にいた芽衣子と、よく職員室の早苗のところに遊びに行った。早苗はみんなには内緒ね、と笑って、引き出しの一番上を見せてくれたのだ。

そこには早苗の宝物が詰まっていた。ガラス細工の小さな動物たち。すごく綺麗だったし、それを集めている早苗がますます可愛いと思ったし、見せてくれたことがとても嬉しかった。芽衣子と廊下できゃあきゃあ言いながら帰った。早苗先生って可愛いねー、優しいし、大好き……。早苗先生が担任だったらいいのにねー。

でも、今は……。

千香は天井を睨みつける。そこに早苗の顔を思い浮かべて、強い視線で睨みつける。

一年生の終わり頃、芽衣子がいじめにあった。芽衣子はすごく可愛い子だったけれど、性格が控えめで、千香と同じ、クラスの目立たない子たちが所属するグループにいた。

きっかけは、合唱コンクールだ。年度末に行われる合唱コンクールの係に、芽衣子はじゃんけんで負けてなった。係なんて適当にやればいいのに、芽衣子は一生懸命にやろうとした。やる気がないクラスの子全員に声をかけたり、放課後の練習をサボって部活に行ってしまった子には、翌日朝一番に、今日はお願いね、と声をかけに行った。

やりすぎたんだ、と千香は思う。気づけば、「鈴木がウザい」と言われていた。特に、クラスの一軍の女子たちから嫌われてしまった。美波もそこのグループにいた。

ある日、放課後練習の日に、クラスのほとんどが集まらなかった。部活がない月曜日だったのに、全員、千香と芽衣子以外は現れなかった。翌日登校すると、芽衣子の机に落書きがしてあった。「死ね」とか、「消えろ」とか、たくさん。

芽衣子が、救いを求めるように千香を見た。でも千香は、目を背けてしまったのだ。

まさに今日、沙知がそうしたように。

他の子に忠告されていたから。芽衣子とこれ以上関《かか》わると、千香もやられるよ、と。

結局、合唱コンクールは、千香のクラスは学年で最下位だった。芽衣子は翌日から学校を休んで、年度が変わり、二年生になった時にはもういなかった。転校してしまったのだ。

「あたしは悪くない」

千香は天井を睨《にら》みながら呟く。千香だって苦しかった。なんとか助けてあげたかった。芽衣子が学校に来なくなってしばらくして、千香は早苗に相談に行った。定年間近の男の担任よりも、よほど親身になって話を聞いてくれると信じたから。それなのに。

「困ったわねえ」

早苗は本当に困ったように笑いながら言ったのだ。

「かわいそうだけれど、わたしは鈴木さんや土田さんの担任じゃないし、立場を超えたことはできないわねえ」

でも、と千香は食い下がった。

「先生が話を聞いてあげれば、芽衣子も学校に来ると思うんです」

「でもね？　そうすると、和田《わだ》先生のお立場がなくなってしまうでしょう？」

早苗は千香の担任の名前をあげた。

「やはりクラスのことは、担任の先生に相談するのが一番よ。わたしが鈴木さんに会いに行くのは、筋が違うと思うの」

でも、とさらに食い下がろうとした時。早苗は言ったのだ。

「土田さん。あなた、そういうの、ずるいんじゃない？」

一瞬、誰のことを言われているかわからなかった。ずるい？　あたしが？

「鈴木さんの親友はあなたよねえ。鈴木さんがいじめにあっていたとして、それを助けてあげることはできなかったの？」

「あの……でも、みんな、すごく怖くて。芽衣子が一生懸命なのに、それがうざいって。で、でもあたしだけは、ちゃんと練習に参加するようにしてて」

「でも、助けてあげなかった。考えてみて？　たとえクラスのほとんどに無視されちゃってても、親友のあなたが今まで通り仲良くしてあげていたら、鈴木さんだって学校に来ていたでしょう？　それなのに、あなたは彼女を見捨てたのよね？」

「み、見捨ててなんか！　心配して、来てほしいから、こうやって早苗先生に……」

「だから。それがずるいっていうの」

やれやれ、と早苗はため息までついてみせた。母親が、厄介なことを言いだした子供を前に時々やるのと、同じため息を。面倒臭《くさ》くて仕方ないというように。

「筋違いのわたしのところに頼みに来る前に、あなたにはやることがあるんじゃない？　まずは鈴木さんの家に行って謝るとか」

「い、行きました。でも、会ってくれなくて」

あらまあ、と早苗は笑った。信じられないことに、声をたてて笑ったのだ。

「それはもうずいぶんと嫌われてしまったわねえ」

「先生、あたしは」

「ねえ土田さん。鈴木さんにとったら、あなたも、他のクラスの子も、みんな同じってことなのよ。みんなで彼女を追い詰めたんでしょう」

千香は反論することができなかった。あの時。芽衣子が救いを求めて千香を見た時。千香は目をそらした。あの時から、ずっと後悔している。それをこんな風に笑うなんて。

言葉を失い、ただただ泣いている千香に、早苗は最後に言った。

「ね？　先生はなにもできないの。自分のクラスのことじゃないんですもの。だからまずは担任の和田先生に相談しなさい。それから、」

それから。わたしのところに来たことは内緒にしてね？　と早苗は言った。

あとから筋違いのことで責められたくはないから、と。


携帯の着信音が鳴って、千香はぱっと体を起こした。トップ画面に翔平の名前が現れている。グループに招待されたのだ。グループ名は「鬼」。千香は急いで参加した。すでに桜子、紫生もメンバーになっている。和葉は確か、携帯を持っていないと言っていた。だから四人だけだ。

翔平はまず、千香に対し、今日の放課後わかったこと、として話を振ってくれている。

鬼は小野早苗ではないか、ということ。

去年自殺した瀬戸望美《せとのぞみ》は、3年2組。小野早苗はそこの副担任だった。

今、鬼化している四人はいずれも、小野早苗にひどい目にあわされている。

小野早苗を殺せば、四人の鬼化は止まるかもしれない。

小野早苗が鬼かどうかを確かめるには、血の色を確かめる必要がある。

「血の色……？」

どうして、と千香は返信した。グループは、今のところ、翔平しか既読《きどく》がついていない。

『鬼の血の色は群青色だってさ。水瀬が言ってた』

そうなのか。千香はふと疑問に思う。和葉といつそんな話をしたのか。

すると翔平が言った。今日、みんなで一緒に帰って、陸橋のところで話し合ったと。なんでおまえ、先に帰ったの？　と。千香はその返信を食い入るように見つめた。

そうだ。確かにそんな約束をした。だから千香は待ち合わせの昇降口に行った。

千香が、靴がなくて、半ばパニックになって、泣きながら上履きのまま走って帰っている頃、みんな一緒に帰った。約束通り。紫生も桜子も。

いやだいやだいやだ。外されるのは耐えられない。理央たちに外されるのとはまた違う。この、鬼のメンバーの中で。どうして千香だけが出遅れてしまったのか。携帯を持って

いない和葉でさえ、一緒に帰ったというのに。乱れる心を押し隠し、

『いいな。あたしも一緒に帰りたかった』と打つ。既読がいきなり三になった。

『今日、どうしたの？』

桜子だ。千香は急いで返信する。理央たちが昇降口にいて、嫌なことをたくさん言われたこと。運動靴を隠され上履きで帰ったこと。動揺して約束のことを忘れてしまったこと。

翔平がくだらねー連中だ、と一蹴《いっしゅう》する。紫生は無反応で、桜子は。

『月曜、一緒に帰ろう』

千香は思わず携帯を胸元に抱きしめて、うっと嗚咽《おえつ》を漏《も》らす。

嬉しかった。桜子がそう言ってくれるのが。ありがとう、と返信すると、

『ひとりにしないから』

『今度なんかやられてたら、代わりにわたしが怒るから』

すると翔平が、

『そんなことしたら、月島《つきしま》が代わりにやられたりしてなー』

と言う。桜子は、

『平気。何やられても、気にしない』

と返す。強いんだね、と千香は思う。桜子は強い。千香とは違う。芽衣子を見捨てた千

香とは、違うのだ。すると初めて紫生がメッセージを打った。

『みんなで帰ろう。そうすれば、いろいろ話せるし、嫌な連中からもお互いを守れる』

千香は胸が高鳴るのと同時に、どす黒いものが広がるのを自覚する。

紫生は、千香を思ってこの発言をしたわけではない。

千香をかばうことによって桜子がとばっちりを受けた場合に、桜子を守りたいためだ。

『わたしたちは鬼なんだから。いじめをやる子たちなんて、怖くないはずだよ』

桜子が言い、翔平や紫生が確かに、とスタンプを交えて賛同する。

グループは、明るい雰囲気に満ちている。方向性が決まった。小野先生が鬼かどうか確かめること。鬼ならば、退治すること。互いを守ること。

『みんなありがとう』

お礼のメッセージを送りつつ、ごめんね、と千香は心の中で謝る。桜子に、死ねばいいなんて思ってごめんなさい。でもね。どうしてかな。前よりも、ずっとずっと。

死ねばいいのに。

強く、そう思ってしまう。早苗に対してよりも、桜子に対して。

強くて綺麗で優しい月島桜子が、前よりも近い場所にいるのに、ずっとずっと、強く、いなくなればいいと思いはじめている。

会話が途切れて、千香はベッドから起き上がると、鏡のところまで行った。

鏡の中の千香は変化が加速していた。

白いツノ。それは変わらずそこにある。変わりはじめたのは顔だ。

皮膚は土色に変化し、無数の深いシワが刻まれはじめている。目は鋭さを増し、口を開けば、そこにありえないほど発達した犬歯がのぞきはじめていた。

お気に入りの梅の木の前で、トラ柄のパンツが風に揺れている。和葉は苛立《いらだ》ったものの、努めて平静を装って家に入った。

父は帰宅していない。和葉はまっすぐに台所まで行くと、手を洗い、米をとぎはじめた。

この米は、故郷の祖母が持たせてくれたものだ。瓶に入った自家製の梅干しも。幼い頃から料理など一切やったことがなかった和葉だったが、家を出るにあたり、ご飯の炊き方だけはきっちりと仕込まれた。

鬼守は時に力を使いすぎるが、ご飯をちゃんと食べてさえいれば、大抵の修羅場《しゅらば》を乗り越えることができる、と。だから和葉は、よくおにぎりを食べる。特に今は、さまざまな思念が渦巻く学校という場所に、毎日行かねばならないから。

和葉は丁寧《ていねい》に米をとぐ。水に浸《ひた》し、炊くまで三十分は待たなければならない。流しの前に突っ立ったまま、じっと、とぎ終わった米を見つめていると。

玄関で、ただいまあ、と能天気な声がした。すぐに、蓮二郎《れんじろう》の嬉しそうな顔がのぞく。

「買い物してきたんだ。キャベツが安かったから、今日もお好み焼きに……」

蓮二郎はスーパーの袋を掲げたが、和葉を見てはっとした顔をした。

「深刻な事態か？」

自分こそ、急に深刻な顔になってそんなことを聞く。和葉は頷いた。

「殺人が起きてしまうかもしれない」

あの子たちは、小野早苗を憎み、鬼として退治しようとしている。それを阻止《そし》することも、肯定《こうてい》することも、和葉にはできない。誰しも、自分の問題と向き合うのは自分で、最終的な選択権はいつだって本人にある。誰かの言いなりに行動を決めれば、結局、己《おのれ》の闇の中から抜け出すことはできないのだ。

「信じてあげなさい」

蓮二郎はいつになく、真面目な様子で言った。

「おまえが惚《ほ》れ込んだ子たちだろう。そうであるなら、きっと大丈夫だ」

「でも、お父さん」

蓮二郎は、ふっと優しい顔をした。

「和葉。米をとぎながら、ひとりで泣いてはいけないよ」

和葉は頷き、目元をごしごしとこすった。

「おまえは育ちのせいか、その年頃にしては妙に醒めてしまっていると心配したんだが。友達を心配して泣くなんて、お父さんなんだか安心したよ」

「……うるさいな」

身内に悪態をつくなんてことも、確かにここ最近のことだ。田舎でそれをやると、蔵に閉じ込められる。千香あたりは、嘘でしょ？　と目を丸くしそうだが。

娘に甘く、滅多《めった》に怒らない蓮二郎は、今も穏やかに笑っている。

「おまえが友達のためにできることはね、ただひたすらに、信じてあげることだよ」

「……本当に、それだけでいいの？」

「人はね、たったひとりでも自分を信じてくれる者がいれば、案外と強い」

和葉は信じたい。信じてあげたい。彼らが、このまま本物の鬼にはならないと。

「それにしても。和葉は友達が好きなんだねえ」

しみじみ言われて、和葉は赤くなった。「べつに」と、覚えたてのあの便利な言葉を使う。

「お父さんには、わかった風なことは言われたくない」

「まあまあ。そんなに照れないで」

「照れてないの。お父さんが嫌なの」

なんだっけ。こんな時に使える、便利な別の言葉。

「そうだ、ウザいんだよね」

蓮二郎は絶句し、さすがに傷ついたような顔をする。ああ、そういうのもウザい。うん。

「今日、お好み焼きの気分じゃない」

和葉は大きく息を吐いて、縁側に行った。背後で蓮二郎が恨めしそうに言う。

「今日は海鮮系も焼こうかと、ほら、エビもこんなに買ったのに」

キャベツがいくら安くても、高いエビを買っていたら何にもならない。

まったく世間知らずなんだから。和葉以上に、田舎者なんだから。

第3章 窮地

1

月曜日、日中は平和に何事もなく時間が過ぎた。理央《りお》たちは相変わらず千香《ちか》を仲間には入れなかったけれど、聞こえるように悪口を言うことはなかったし、千香も休み時間は桜《さくら》子《こ》や和葉《かずは》と一緒にいた。

時々、桜子は理央の視線を感じた。そちらを見て、目が合うと先にそらされてしまう。気のせいか、理央たちはいつもよりおとなしい。楽しそうに話しているけれど、背中でこちらをうかがっているような雰囲気があった。

謎が解けたのは、放課後だ。帰りのホームルームが終わって、支度をしていると、

「クラス委員のふたりは、放課後ちょっと生徒指導室に来てください」

早苗《さなえ》が朗《ほが》らかな声で言った。桜子と紫生《しき》は、一瞬だけ顔を見合わせた。

生徒指導室？　職員室じゃなくて？　紫生が、先に言ってくれる。

「先生、俺、用事あるんですけど」

「すぐにすみます。これもクラス委員の大事なお仕事よ、周防《すおう》くん」

いつもの柔らかな笑みで、強く押し切られてしまう。

「待ってようか？」

千香が小声で桜子に言った。

「いいよ。塾ある日でしょ？　先に三人で帰って」

千香は迷うような顔をしたけれど、和葉と顔を見合わせて、こくりと頷《うなず》いた。

桜子と紫生は、指示通りに生徒指導室に行った。放課後に呼び出されると、ろくなことがない。一学期の初めのことを思い出して気分が悪くなったが、前回と違って、桜子はひとりではない。隣に立つ紫生が、一歩前に立ってくれていて、それが力強く感じられる。

「ふたりとも、いつも本当によくやってくれているわ。ありがとう」

生徒指導室に入るなり、早苗はそう言った。ここに入るのは、桜子は初めてだ。狭い小部屋で、折り畳み式の細長い机と、パイプ椅子が四脚向かい合って置かれている。

エアコンがついていて、涼しいはずなのに、むっとした空気がこもっている。カーテンが閉められているからか。桜子はぼんやりと思った。あのカーテン、いつ洗ったんだろう。すごく汚れているなあ、と。

早苗はひとりで座っていて、桜子と紫生は立ったまま、彼女と向かい合った。

早苗は嬉しそうだ。

「他の先生方にも褒《ほ》められるのよ。三年生の中で、2組が一番落ち着いているって」

「用件はなんですか。僕たち、忙しいんです」

紫生が硬い声で促すと、早苗は小首を傾《かし》げるようにした。

「僕たち？」

紫生の背中に苛立《いらだ》ちがにじむ。早苗は言葉尻をとらえて逃さない。

「なあに？　このあと、一緒に何かするの？」

「……そういうわけじゃないです」

「あなたたち、同じ小学校出身だったわね。ああ、ピアノ教室も一緒でしょ？」

普通の担任は、そこまで、生徒一人ひとりの情報を把握しているものだろうか。

「もしかして、付き合ってるの？」

「違います」

ふたり、声を揃《そろ》えて否定した。早苗が笑みを深くする。

「先生ね、あなたたち、とってもお似合いだと思うわ。ふたりとも、とても綺麗なんですもの。だからふたりを、一緒の係にしたのよ」

桜子は怖気《おぞけ》が走るのを感じた。早苗の机の一番上の引き出し。そこには、ガラス細工の動物がたくさん収められている。早苗にとって、桜子と紫生は、あの人形たちとなんら変わりがないのかもしれない。無理やり、クラスという引き出しの中に押し込められて、時折、早苗の気がすむままに鑑賞される。

「まあでも、中学生で男女交際はまだ早いわね」

ぴしゃりと、断罪するように早苗が言う。紫生は苛立《いらだ》ちを募《つの》らせたようだ。

「先生。俺たちにそんなことを聞くために呼び出したんですか」

「あら、もちろん違うわ。用件はね、あなたたち、本当によくやってくれているのだけど、最近、大事な報告を怠《おこた》ったでしょう？　だからちょっとしたお説教というところかしら」

「報告？」

「年度の初めにお願いしたわよね？　クラス委員はわたしの補佐です。少しでも変わったことがあったら報告して、トラブルを未然に防ぐ手助けをすること。覚えてるかしら？」

確かに、そう約束させられた。桜子の場合は、思いもよらない脅《おど》しとともに。

桜子は静かな声で言った。

「クラスは、いつも通りです。何も報告することはないです」

「そうかしら？　たとえば、門倉《かどくら》君のこと」

いきなり翔平《しょうへい》の名前を出されたので、桜子と紫生は沈黙した。

「先日の奇行は、ちょっと看過《かんか》できないわ。窓からいきなり身を投げようとするなんて。幸いクラスの子全員に口止めをしたから噂《うわさ》は広まっていないようだけど、本当に身投げなんかされたら、学校の中だけじゃなくて、世間的にも大騒ぎになるし」

桜子は、早苗の目の前に置かれているピンク色のファイルを凝視《ぎょうし》した。みんなの秘密があそこにはある。みんな、それで、早苗に逆らうことができないのだろうか。

「門倉君があああなった理由、ふたりなら、何か知っているんじゃないの？」

「何も知りません」

桜子が早口に言い、紫生は、落ち着いた声で答える。

「寝ぼけてたって言ってました」

「そんな嘘、信じられるわけないでしょう」

早苗は唇を歪《ゆが》める。

「あなたたち、何か企《たくら》んでいるのじゃない？」

「企むって」

　桜子が眉をひそめると、早苗はふう、とため息をついた。

「放課後や昼休み、何人かで集まって相談してるわよね？　あなたたちと、門倉君、土田《つちだ》さん、水瀬《みなせ》さん」

　桜子はぎょっとして、早苗を見る。

「その五人？　で何を企んでいるのかしら、という質問です」

「何も企んでません」

　紫生が穏やかに答える。でも、苛立っている。怒っている。桜子にはわかる。紫生がどんなに冷たい瞳で、早苗を見ているか。

「僕たち、仲良くなったんです」

「仲良く？」

「普通のクラスメートとして。仲良くなったから、集まって話をしてる。別に悪さなんてしてないです。話してる内容なんてくだらないですよ。テレビとかテストの話くらいで」

「本当かしら」

「本当です」

　沈黙が流れる。早苗の細い瞳が、桜子と紫生を交互に見る。

「先生はね、3年2組をすばらしいクラスのまま、卒業させたいの」

お決まりのセリフを、早苗は宣言するように言った。

「そのためなら、なんでもするつもりよ。トラブルは困るわ。たとえばいじめなんかもね」

どきりとした。早苗がピンクのファイルを手にして、ぱらりとめくったからだ。

「相葉《あいば》理央さん、近藤《こんどう》美波《みなみ》さん、山下《やました》繭子《まゆこ》さん、松井《まつい》悠華《ゆうか》さん、国枝《くにえだ》沙知《さち》さん」

ファイルから目を上げて、早苗は桜子を見る。

「彼女たちがしようとしていたこと、したことは、先生の耳にも入っています」

桜子は驚き、そんな、と呟《つぶや》いた。

「どういうことですか、先生」

「あなたたち以外にも、教えてくれる人がいるの。あなたたちが、土田さんを助けようとしていることもね。でも安心して？　週末、先生の方で、相葉さんにお願いしておきましたから。２組でいじめなんて起きないでしょ？　って。いじめなんかに関与したら、内申も悪くなっちゃうし、加害者として世間に知られたら将来にも影響するし」

なるほど。それで、理央たちはおとなしくなったのか。

「あなたたちが困っているクラスメートを助けようとしてくれたことには、先生、本当に感激よ。でもね、問題は、それをわたしに報告してくれなかったことよ」

悲しそうに早苗は眉を下げる。

「今後はこのようなことのないように。なんでも、小さなことでも、先生に報告してね？　あなたたちはクラス委員なんですもの。なんでも先生と共有しなくちゃあ。なあんでも」

トントン、と早苗の白くて太い指が、ピンクのファイルを叩く。薄くマニキュアを塗った短い爪。サンゴの花びらの指輪。ハートの形のイヤリング。

「まあ、あなたたちが、本当は先生を裏切っているわけじゃないんだって、先生は信じてます。だから、今日のところはこのくらいで許しちゃおうかな」

うふふ、と無邪気な声をたてて早苗は笑う。

「ふたりとも、そんな顔しないで。先生もう怒ってないわ。ね？　なんてったって、ふたりは2組の代表、綺麗で賢いクラス委員なんだから」

「話終わりですか」

紫生が斬《き》り込むように尋《たず》ね、早苗はちょっと唇をすぼめて、「そうね」と答える。桜子と紫生は無言のまま生徒指導室を出ようとした。すると、

「ああ、周防くんだけ残って？」

早苗のねっとりとした声が呼び止めた。桜子は見た。紫生が青ざめ、戦慄《せんりつ》したように体を強張《こわば》らせるのを。

「大事なお話があるんだった。やだ、先生うっかりしてた。月島《つきしま》さんはもう帰って」

紫生を置いていってはいけない。なぜか桜子は強くそう感じた。

「先生、周防君、急いでるんです。クラスの用事のことなら、わたしが聞きます」

「クラスのことじゃないわ。おうちの、大事な大事なお話です」

とんとん、と早苗が再びピンクのファイルを叩く。紫生が、呟くように言った。

「桜子。先帰って」

紫生。どうしてそんなに、絶望的な目をするの。

淀《よど》んで、濁《にご》って、いつもの紫生の瞳と違う。すべてのことを、諦《あきら》めたみたいに。

そんな瞳を見るのは、初めてだ。あまりの瞳の暗さに、言葉を失った桜子の眼前で、ドアが閉められる。桜子は迷った。帰るべき？　でも、待ちたい。ここで待たなくちゃ。あんな顔をした紫生を置いてはいけない。

桜子は壁に寄りかかり、待った。指導室からは、物音ひとつ、話し声ひとつ、漏れてこない。それもおかしいと思う。何かを話し合っているんじゃないのか。

桜子は、思い切ってドアに手をかけた。思ったよりも軽い音を立てて開く。

大きく、目を見張った。

紫生は右側面をこちらに向ける状態で、椅子に座っていた。だらりと両手を下げて、意思のない大きな人形のように。早苗はその後ろに立ち、紫生に触れていた。早苗だけが、こちらを見た。紫生の瞳は、真正面に据えられたままだった。

かっと、熱い何かが桜子の頭にのぼった。

早苗は、最初こそ驚きに目を見張ったものの、すぐに、余裕の微笑を浮かべた。

それから、するりと右手を引っ込めた。

早苗の、ぽっちゃりとした白い手は、紫生のシャツの胸元に差し込まれていたのだ。

熱い感情が身のうちに滾《たぎ》り、早苗にそのすべてをぶつけたかった。怒り。今まで感じたこともないような強い怒りに支配され、桜子は叫んだ。

「紫生！」

桜子はたっと駆けて紫生に近づき、投げ出されていた腕を強くつかんだ。

「帰るよ！」

紫生は椅子を倒して立ち上がった。引きずるようにドアのところまで連れていき、桜子は振り返った。のんびりとした声で早苗が言う。

「月島さん。周防くん。気をつけて帰りなさいね」

桜子は息を吸い込んで叫んだ。

「おまえなんか死ね！」

「大丈夫？」

これは違う。心配されるべきなのは、紫生の方なのに。どうして紫生の方が桜子を心配してくれているんだろう。

下校途中にある土手のところで、桜子は座り込み、顔を膝《ひざ》に埋《うず》めていた。

誰かに向かって「死ね」などと叫んだことは、初めてだった。それほどの強い殺意。

自分の言葉の強さに衝撃を受けて、顔も上げられない。

それに、どういう顔をして紫生を見ればいいのかもわからなかった。しかし、

「桜子さ。俺のこと、嫌いになった？」

紫生がそんなことを言うので、とっさに顔を上げる。桜子の顔を見て、紫生は呟いた。

「ひどい顔してんね」

「……うん」

顔は歪《ゆが》んで、汗で髪が顔に貼りついている。表情も、険しいままだろう。

「ごめん。混乱させて。それに、嫌なもん見せちゃって」

「紫生のせいじゃない」

早苗は、紫生に触れていた。髪や肩に偶然触れたのとは違う。明らかに、ある種の欲を持って、紫生に触っていたのだ。

「……前から？」

「うん」

「いつから？」

咳《せ》き込むように尋ねると、紫生は無表情のまま答えた。

「この春。三年に上がって、クラス担任になってから」

「いったいどういうつもりであんな触り方するの？」

「最初は、髪に触ってきたんだ。廊下で……誰も見ていない時。綺麗ねえ、シャンプーどこの使ってるの、とか、そういう感じで」

「それで？」

「まあ、気持ち悪かったけどね、そういうのって、他の女子もよくやってくるし」

「でも紫生、触られるの嫌いでしょ？」

「よく知ってんね。あー……五年の時のあれか」

紫生は、すぐに思い当たったようだ。小学校五年生の時。クラスの女子が、教室で紫生にこっぴどく拒絶された。

（ベタベタ触ってくんなよ！）

その子は泣きだしてしまい、紫生はその時、めんどくせーな、という顔をした。男子たちが、おまえちょっとひどいんじゃね？　と紫生をからかい、紫生は真顔で答えていた。

　俺、人に触られんの好きじゃない。

「今でも嫌だよ」

「でも、小野先生は触ってくる？」

「だんだん、触る場所を増やしてきた。髪だけじゃなくて、腕とか、肩とか、割と長く」

　想像するだけで気持ちが悪い。また吐き気がして、桜子は唇を噛んで耐えた。

「でも、決定的だったのは、あれだ。クラス委員になれって、脅してきた時。放課後の生徒指導室。あん時、最初に、シャツの中に手を入れられた」

　桜子がとっさに顔を上げて紫生を見る。紫生はまだ無表情だ。

「シャツに手を入れて……どうするの？」

「撫でる。それだけ」

　桜子は口元を押さえた。

「それ以上はされないけどな。でも、素肌に触ってくる。髪も、ずっと指ですいて」

「紫生」

「その度《たび》に、俺、殺された気がした」

「……紫生！」

桜子は、草の上に置かれた紫生の左手に手を重ねようとして、躊躇《ちゅうちょ》した。震えている。あの紫生が、いつも自信に満ち溢《あふ》れ、冷静で、優しくて、そして冷たいあの紫生が、震えている。そして傷ついている。

殺されたから。何度も。何度も。あの教師という仮面を被《かぶ》った鬼に。

「小野《おの》先生は鬼だよ」

桜子は手を重ねる代わりに、振り絞るような声で言った。

「血の色なんか見なくてもわかる。鬼なんだよ」

紫生は両手で顔を覆《おお》うようにする。

「本物の鬼は、俺のような気がするよ」

「そんな」

「翔平が提案しなくても。俺、夢の中で何度も小野を殺したんだ。殺して、殺して、それでも生き返ってくるから、また殺して。一ヶ月くらい連続してそういう夢を見て、気づいたら、額《ひたい》にツノが生えてたんだ」

「それはみんな同じでしょう」

「いや。俺ほどの殺意は、誰も持っていない。みんな、俺の殺意に引きずられる形で影響が出たんだとしたら？　翔平も、土田も、桜子も」

「少なくともわたしの場合は違う」

　桜子は強く否定した。

「わたしの今の状況は、紫生のせいなんかじゃない。小野先生のせいでもない。わたしが鬼になりかけているのは、自分のせいだよ」

「なんでだよ」

　紫生が桜子を見る。

「桜子。何にそんなに追い詰められてるんだよ」

「……言えない。もし、知ったら、紫生はわたしを嫌いになる」

　紫生は目を見張った。

「桜子は……俺に嫌われたくないの？」

「嫌われたくない」

　正直な気持ちを口にすることに、もうずいぶんと慣れていなかった。桜子は俯《うつむ》いた。

「紫生には、嫌われたくない」

　風が吹いている。土手の草を渡った風が、桜子の長い髪を揺らす。紫生のさらさらの髪も乱れて、紫生はそれを直すこともせず、じっと桜子を見つめる。

　やがて紫生が言った。

「俺も、桜子には嫌われたくない」

「うん」

「心配だった。さっき。嫌なところを見られて。汚いって思われたらって」

「思わない。ただ、小野先生が憎くなっただけ。前以上に」

「殺したい？」

「うん」

死ねと叫んだことを、後悔はしていない。本当に死ねばいいのにと思った。

額が熱い。痒《かゆ》くて熱い。誰かに向けて強い殺意を抱いた桜子は、もうすでに鬼なのかもしれない。鏡を見なくても、そこにあるものがさらに大きくなっているのがわかる。

「紫生。わたしは、自分が怖い」

「どうして」

桜子は再び自分の膝を抱《かか》えるようにした。

「みんな、額にツノが生えたことがショックだったでしょう？　でもわたしだけ、多分それだけじゃない。ショックはショックだったけど、それ以上に納得したの」

「ツノが生えたことに？」

「そう。やっぱりわたしは鬼なんだって。これが正体なんだって。納得したし、ようやく居場所ができた気がしたの。だからね、本物の鬼は紫生じゃないよ。わたしなんだよ」

風の音がする。でも、自分の体の中から聞こえるような気もする。潮騒《しおさい》にも似た、血が流れる音。赤いだろうか。青いだろうか。それすらも、定かではないまま。

「このまま、もしも自分を失って、本当に鬼になりそうになったら」

桜子は言った。

「自分で始末をつけなくちゃならない」

そうだ。去年、四階の非常階段から飛び降りた生徒のように。あの子も、きっと、誰かへの強い殺意に苦しんだのだろう。でも、その殺意以上に、自分が憎かった。自分を許せなかった。だから身を投げたのだ。

「その時は一緒に行く」

「でも、紫生は」

「同じだって。桜子が自分に対して思うのと同じくらい、俺も自分を憎んでる」

桜子は、ふっと笑った。

「お互いのいいところを見つければ、事情が変わるかもしれなかったのにね」

そう約束した。でもきっと、それだけではダメなのだ。桜子は自分が許せない。小野早苗が許せないのと同じか、それ以上に。紫生もまたそうなのだろう。翔平や、千香も同じ。

みんな自分が嫌い。自分が許せない。

「だから、死ぬ時は、まず俺に知らせて。一緒に行くから」

桜子は目を閉じる。ひとりで死ぬつもりでいたのに。

紫生と一緒に？　あの階段の踊り場から、きっと、手をつないで。今のように。

「わかった」

それがふたつめの、紫生との約束になった。

2

このふたり、絶対になんかあった。

待ち合わせ場所に現れた紫生《しき》と桜子《さくらこ》を見て、千香《ちか》はすぐに気づいた。

結局、昨日は一緒に帰れなかった。それもあって、千香は今日を楽しみにしていた。

放課後、一度家に帰ってから、みんなで、今年卒業した陸上部の先輩に会いに行く。

千香の先輩は、去年、小野早苗《おのさなえ》が副担任を務めるクラスだったのだ。当然、自殺した瀬《せ》戸望美《とのぞみ》ともクラスメートだったということになる。

当時の状況を少しでも知った方がいい、と千香が提案した。SNSのグループで、翔平《しょうへい》が真っ先に賛同した。桜子と紫生は、消極的だったものの、結局は一緒に行くことになった。

和葉《かずは》にも今日、話をして、五人で学校近くの公園で四時半に待ち合わせをした。千香は誰よりも先に着いた。目的が目的ではあるが、楽しみでもあった。私服の紫生と会える。千香と紫生は夜、塾があるため、みんなで着替えてから集合という流れになったのだ。

最初に現れたのは意外にも和葉で、千香は目が点になってしまった。

「……水瀬《みなせ》さん、いつもそんな感じなの？」

「どこかおかしい？」

「いや、おかしいっていうか。似合ってはいる、けど」

和葉は襟《えり》のついたワンピースで現れた。紺色で、腰には共布《ともぬの》のリボンがついていて、裾《すそ》が膨《ふく》らんでいて、レースのアンダースカートが裾からのぞいている。極めつけが、銀の刺《し》繍《しゅう》が施された白いストッキングに、ピカピカしたローファーだ。

「ピアノかなんかの発表会にでも行くのかと思ったぁ」

「そう？　普段着だけど」

そこへ翔平が現れて、やはり驚いたように和葉を見たが、何も言わなかった。翔平は、制服の時とあまり印象が変わらない。スポーツブランド系のTシャツにジーンズで、林間学校などでよく見かける男子の服装だ。

紫生は、自転車で現れた。しかも後ろに桜子を乗せて。

「ごめん。遅れそうだったからチャリで来た。桜子途中で見つけて」

なんだよー、と翔平がニヤニヤ笑いでからかう。そういうの、一切やめてほしかった。千香は苛立《いらだ》ちを隠して笑いながら、ふたりを観察した。

ああ、やっぱり紫生は格好いいなあ。別に普通の長袖《ながそで》Tシャツだし、ジーンズだ。でもグレーのTシャツは無地なのにこなれた感じがあるし、デニムも、ダメージがところどころ入っていて、その塩梅《あんばい》がいい。スニーカーは海外ブランドのもの。塾の教材が入っているのか、大きめのリュックには、キャップがつけられている。

顔が小さくて手足が長いから、本当にぱっと人目を引く。人混みにいても、千香は、紫生を見つけられる。きっと見つけられる。でも……。

「そういう服はどこで買えるの？」

和葉が感心した様子で桜子に聞いている。

桜子は黒のトレーナーに黄色とグレーのチェックのミニスカート、茶色のロングブーツを履《は》いていた。何を着ても似合うだろうが、今日はさらに可愛さに磨きがかかっている。

普段は下ろしている髪も、可愛いバレッタでまとめている。とても大人びて見える。

「どこって……たぶん、普通にその辺のお店だと思うんだけど」

桜子は戸惑《とまど》った様子だ。

「わたし、服に興味がないから、親が買ってくるし」

「奇遇ね。わたしの服も親が買ってくるの」

「え、お父さんがってこと？」

確か和葉は母親がいなかったはずだ。そして父親とふたり暮らし。

「そう。でも今日、千香さんや桜子さんを見て思った。わたしもそういう服が着たい」

千香は内心で意地悪く笑う。中学三年生にもなって、親が買った服とか笑える。

千香は、いつも自分で服を買いに行く。その時の仲良しと……とまで考えて、そういえば、一緒に服を買いに行く約束をしていたのに、とまた思い出す。

理央たちと。渋谷の１０９まで行って、帰りに原宿でレインボーの綿菓子を食べようねって。プリクラも撮ろうねって。それらのことを、彼女たちは、千香抜きでやったのだ。

それを、ご丁寧《ていねい》にインスタに上げるという残酷さ。

いけない。千香はあえて明るく言った。

「ふたりともダメだなあ。じゃあ今度、あたしが案内するから、一緒に服買いに行こ？」

ふたりが沈黙してこちらを見た。まずい、突っ走りすぎたかも。こういう特殊な状況だから仲間になっているだけで、基本的には、一緒に服を買いに行くような友達でもなんでもない。しかし、和葉が、顔を輝かせた。

「そういうこと、してみたかった。友達と一緒に洋服買いに行ったりクレープ食べたり」

「クレープって」

「原宿ってとこ。テレビで見て、ずっと行きたかったの。女子がたくさん遊びに行くって」

「わたしも行ったことない」

桜子までがそんなことを言いだしたので、千香はぷっと噴き出した。

「そうなんだ。じゃあ、やっぱり行こ。そうだ、今度の日曜にでも行っちゃう?」

「おまえらなあ」

呆《あき》れた声を挟んだのは翔平だ。

「今日の目的、ちゃんとわかってんのかよ。何が原宿だよ」

ほら行くぞ、と急《せ》かされて、五人で歩き出す。紫生は皆に合わせて自転車を押して歩いた。千香は紫生のすぐ後ろを歩く。さらさらの髪、いいなあ、と後ろから見惚《みと》れる。あの髪に、触れることができたら。

もうどれくらい、こうして、紫生を後ろから眺めてきただろう。一、二年生の時は、廊下で。同じクラスになってからは、離れた席から。ずっと見てきた。

でもその紫生が見ているものを、千香は知らない。紫生は、桜子が好きなんだろうか。今も歩きながら、それとなく、桜子を歩道側に庇《かば》うようにしている。すごくお似合いだ。桜子の、あの細い脚。華奢《きやしや》な肩。艶《つや》のある髪。腰の位置が高くて、姿勢がよくて。ああそうだ。ピアノと、バレエもやっていたと聞いたことがある。

バレエなんて、特別な子にしか許されない習い事だ。綺麗で頭もよくて運動もできて。おまけに優しい。それなのに。桜子の何が、彼女を鬼になるまでにしたのだろうか。

ずるいな、と地面に伸びた影を見つめて千香は考える。

ずるいよ。鬼になってまでなお、紫生にかばってもらえるなんて。ずるい……。

「千香さん」

ふっと千香の影が、遮《さえぎ》られた。和葉が目の前に身を滑り込ませてきて、影を踏んだ。

「なに、水瀬さん」

どきどきした。和葉は鋭いから。最初から、千香の心の中にひそむ鬼を見抜いたから。だから今も、気づかれてしまっただろうか。桜子に対する憎しみと殺意を。しかし、

「今度、本当に原宿に行ってくれる？」

「え？　あ、うん、もちろん――」

「お金、いくらくらい持っていけばいいんだろう」

「あたしも今金欠だよ。見るだけでも楽しいじゃん？」

「いや、せっかくなら服を買いたい。クレープも綿あめも食べたい」

「お小遣《こづか》い、いくらなの？」

「それは決まってないけど」

和葉は斜めがけしたポシェットを開き、財布を取り出した。

「今持ってるのは、三万円くらい」

「え、大金じゃん！」

「父が遊びに行くならこれくらいは持っていけと」

「和葉ってお嬢様？」

「お嬢様とは呼ばれていたけれど。ばあやとか、じいやとか、村の者たちには」

千香はまじまじと和葉を見た。

「すごい。変わってるとは思ってたけど、本当に、生粋《きっすい》のお嬢様なんだね。ばあやって」

「そうか。やっぱり、わたしの家は変なのか」

妙に落ち込む和葉に千香は焦《あせ》った。

「そ、そんなことないよ。変わってるって、別に悪い意味じゃないよ。羨《うらや》ましいよ、水瀬さんが。うちなんて平凡で、お小遣《こづか》いなんて月に三千円だよ？」

和葉は、するとじっと千香を見つめた。そして言ったのだ。

「わたしは、千香さんが羨ましい」

誰かに羨ましいと言われたのは、記憶にある限り初めてだ。

「な、なんで?」

「優しいから」

和葉はそんなことを言って、ポシェットをかけ直すと、すたすたと先に歩いてゆく。

千香は立ち止まった。優しい? あたしが、優しいの?

いっぱい、人のことを、死ねばいいと思った。でも、本当に殺せるとは思わなかった。

小野先生のことだって。優しくなんかないよ。でもね。

(あんたは人一倍優しい子だからねえ)

死んだおばあちゃんが言っていた。感じやすい子だから、悲しいこともあるだろうと。

でもそれは、千香が優しいからだと。おばあちゃんだけが言ってくれたんだ。

千香は立ち止まったまま、ぎゅっと目をつむる。涙が溢《あふ》れてきた。変わり者の転校生、田舎《いなか》のお嬢様に、優しいから、と言われたそれだけで。なんの根拠もないのに。それなのに。足元の影が薄くなっている。くっきりと見えた二本のツノはそのままだけれど、薄くなっている。こんなことで。心の中の鬼は、小さくなるのだろうか。

「土田《つちだ》さん、どうしたの？」

桜子が気づいて振り返る。みんな、立ち止まって待っていてくれる。翔平も、紫生も。

「ごめん」

千香は目元を拭《ぬぐ》って駆けだした。


真衣《まい》先輩は、千香と同じ六丁目の戸建てに住んでいる。待ち合わせたのは、卒業した小学校に隣接している遊具広場だった。

「友達も連れてきたよ」

明るく軽い調子で真衣は言い、去年、やはり同じクラスだったという梨沙《りさ》という少女を紹介してくれた。真衣と梨沙がベンチに座り、その周囲に千香たちが立つ。

「おもしろいメンバーだねえ。なに、男女でいつメンなの？」

真衣が興味津々《しんしん》に聞いた。特に紫生に興味があるのは一目瞭然《いちもくりょうぜん》だ。

「きみ、周防くんでしょ。三年の間でも……あ、卒業前の話ね。かっこいい子がいるって有名だったよお」

いやだな、と千香は顔を曇らせる。先輩には、紫生に馴れ馴れしく話しかけないでもらいたい。ほら、紫生も迷惑そうな顔をしている。微笑んでいるけれど、あれは紫生なりの嫌悪感の表し方だ。長い間見ているから、わかる。

「で？　瀬戸ちゃんのことを聞きたいんだよね」

もうひとりの、梨沙という子が言った。千香は急いで頷く。

「あの……先輩たちと同じクラスだったって。それで」

「うーん。でもさあ、あんま仲良くなかったのよね。千香ちゃんがどうしてもっていうから出てきたけど、基本的にはあんまり死んだ子のことは話したくないというか」

梨沙がそうだよね、と同意する。

「うちら、マスコミにも聞かれたりしたよね。いじめじゃなかったんですかって」

「違うんですよね？」

「そりゃそうだよお」

真衣が苦笑する。

「瀬戸望美が、いじめられるタマかっての。どっちかっていうと、いじめる側だったよね」

「じゃあ、いじめそのものはあったんすか？」

翔平が聞いた。ふたりはうーん、と腕を組む。

「いじめっていうか……のぞが、わがままだったから。ほら、どのクラスにもいるじゃん？　いわゆる一軍トップの女子で、可愛くて、男女関係なく友達いっぱいって感じの」

「そうそう。まさに。瀬戸ちゃんって、表立っていじめとかはしないんだけど、気に入らないことあるとすぐ態度に出すし、みんなそれがめんどくさくて話合わせてたっていうか。まあ、姫ってやつだったよね」

「それがどうして、自殺したんですか」

千香が聞くと、ふたりは曖昧《あいまい》に笑った。

「それがさ。みんなよくわからなかったの。噂では、裏でウリとかやっててそれが学校や親にバレたとか、薬やってて錯乱してたとか、いろいろ言われてたけど」

「薬は、けっこう信憑性《しんぴょうせい》あったよねー」

梨沙が声をひそめた。

「あの事件のちょい前から、ちょっと顔が違ったもんね。なんか一気に老《ふ》けたっていうか」

どきりとして、千香は思わず胸に手を当てた。みんな、息を止めたように話に聞き入る。

「シワみたいのができて、顔もさ、土っぽい色で、髪なんかパサパサ。あんなに可愛かったのに。目つきも鋭いし。あれ絶対薬だよって、噂されはじめたと思ったら、あの事件だもん」

授業中、瀬戸望美は、いきなり奇声をあげて席を立った。それから、手にしたナイフで、近くにいた生徒数人に向かって振り回した。

「誰彼構わずって感じだった。別にいつメンとか、敵対してる子とか、まったく関係ない感じ。先生が驚いて止めに入ってさ」

授業は、国語だった。副担任の小野早苗が教壇にいた。やめなさいと叫んだ。望美はナイフを大きく振りかざして、早苗に向かって突進した。

「さなえっち、あれ、絶対やられるって思ったよね。でもさ、さなえっちがさらになんか叫んで、のぞが急に止まったんだよね」

「そう。それで、ナイフ落として、急に泣きだして……ちょっと気持ち悪い声だったよね」

「どんな声？」

桜子が聞いていた。

「どんな声で、泣いたんですか？」

「うーん。聞いたことないような。強《し》いて言えば、なんか動物みたいな声で、雄叫《おたけ》びみたいなのあげて、泣きながら、教室を飛び出していったわけ。それで……あとは」

真衣は肩をすくめた。つまり、そのまま、四階から身を投げたのだ。

「小野先生の授業中だったんですよね。２組の、副担任の」

千香は確認した。真衣はうん、と頷く。

「さなえっち、ショックだったと思うよ。泣いてたもん。葬式のとき、めっちゃ」

「ねー。自分もショックだろうに、クラスの心配してくれてさあ。担任の加藤《かとう》なんか、責任逃れか学校来なくなっちゃって、なんか自分が病《や》んじゃったんだよね。その代わりにさなえっちが担任の仕事やって。みんなのこと、励ましてくれたよね」

「うちにも来てくれたよ。大丈夫だから、安心して学校来てねって。やっぱり動揺しちゃった子いっぱいいたからさあ。違うグループだったけど、しばらく目覚め悪かったもんね」

「そんな、いい先生っすか」

翔平が苦いものを噛んだような顔で聞いた。真衣と梨沙は、お互いを見て頷く。

「いい先生だったよねえ」

「うん。さなえっちが担任だったら良かったのにって、よく話してたよね。そしたら、瀬戸ちゃんも自殺なんかしなかったんじゃないかって」

「あ、でも」

真衣が、ふと思い出したように言う。

「のぞ本人はさ、さなえっちを嫌ってたのかもしれないね」

「それ、本当ですか」

桜子が聞いた。

「そう。だってね、自殺する直前に、ナイフ振り回して、さなえっちに斬《き》りかかっていって……叫んだんだよね」

「あー、あれか」

梨沙は嫌な顔をする。

「思い出しちゃった。ぞっとする」

「うん」

「なんて叫んだんですか」

真衣は躊躇《ちゅうちょ》するような間を置いたあと、小さな声で言った。

「『おまえは鬼だ』って」

3

「瀬戸望美《せとのぞみ》って人は、小野《おの》の正体を見抜いてたんだな」

帰り道に、駅前のファストフード店に立ち寄り、そこで翔平《しょうへい》が言った。桜子《さくらこ》は全身に倦《けん》怠感《たいかん》を覚えていた。桜子だけではなく、みんな、疲労の色が濃い。眠れていないのかもしれない。

なにしろ、あいつは、毎晩追いかけてくる。鏡の中の自分も確実に変化している。

いつこれが本当の変化になるのか。今にも額《ひたい》からツノが生え、唇が裂けてしまいそうだ。ほんのちょっとした感情の爆発をきっかけに。

「でも。本当に早苗《さなえ》先生は鬼なのかな」

千香《ちか》が言う。

「確かにひどい人だとは思うけど、鬼って。あんくらいひどい大人は他にもいるし」

「なに言ってんだよ。自殺した生徒がいるんだぞ。そいつが、死ぬ前に、小野のことを鬼だって叫んだんだぞ」

「そうだけど……確かめようがないというかさ」

「血の色を見ればいいんでしょう」

桜子は言った。

「青ければ、小野先生は鬼ということになる。水瀬《みなせ》さんのお父さんが探している鬼は、小野先生に取り憑《つ》いてるということになる」

和葉《かずは》は黙ったまま否定も肯定《こうてい》もしない。苺味《いちごあじ》のシェークを、美味《おい》しそうに飲んでいる。

「小野が鬼だとして、どうやって退治する?」

紫生《しき》が具体的な話へと持っていく。翔平がおどけた様子で答えた。

「豆ぶつけるとかだけじゃ、ダメなんだろ?」

和葉がひくっと変な声を出して、続けて苦しそうに咳《せ》き込んだ。隣に座っていた桜子は、和葉の背を叩いてやった。

「大丈夫？」

「豆……だけじゃ、ダメでしょうね。悲鳴くらいはあげると思うけど」

「驚いた。鬼って本当に豆が苦手なの？」

千香が目を丸くする。

「そう。豆のほかにも、柊《ひいらぎ》とか、桃なんかも」

昔話には真実も紛《まぎ》れているのか。

「じゃあ、どうするの？」

「本当に退治するには、首を刎《は》ねるしかないと言われてるけど」

恐ろしいことを、和葉は平然と言う。

「手足だとまたくっついて元通りだから」

「くっつく？」

千香と翔平が同時に声を揃《そろ》えた。

「斬《き》り落とされても、またくっつくの？」

「そう。知らない？　大江山《おおえやま》伝説に出てくる茨木童子《いばらきどうじ》の話」

和葉の話によれば、昔、京都の大江山に、人里を恐怖に陥《おとしい》れていた鬼の一族がいた。

「酒呑《しゅてん》童子と、その一味の茨木童子」

「あ、酒呑童子は聞いたことある」

桜子は言った。

「京都のお姫様をさらって、妻にしたり、食べたり、好き放題やってたって」

「一条《いちじょう》天皇に命じられて、源《みなもとのよりみつ》頼光と部下たちが成敗《せいばい》に行ったの。頼光の四天王と呼ばれた郎党のひとり、渡辺綱《わたなべのつな》が茨木童子の腕を斬り落として持ち帰ったけれど、後日、親戚の老婆に化けた茨木童子がその腕を取りに来て、奪い返された」

翔平がうへえ、という顔をした。

「じゃあ、小野の首を斬り落とすのが一番ってことか」

「そう簡単にはできないよね」

千香が苦笑する。

「人の首を斬るなんて。普通の中学生なのにさ、あたしたち」

「普通じゃないけど」

ぼそっと言ったのは紫生だ。千香が赤くなる。

「そう……だね。確かに普通とは、もう違ってるんだけど、それでも誰かの首を斬るなんて、できないじゃん？」

「必要があるなら、俺、やるよ」

迷いのない紫生の答えに、みんなしんとなった。でも、桜子は驚かなかった。紫生には、小野早苗を殺したいまでに憎む権利がある。誰だって、人を殺すなんてことは、現実的には想像できない。でも、相手が鬼なら？　赤い血ではなく、青い血を流す化け物なら？

和葉が顔を上げ、桜子と目と目が合う。少し困ったような、何かを言いたそうな顔をしていたけれど、結局、何も言わない。紫生が席を立った。

「ごめん。時間だから、先に抜ける。今後のことは、グループで話そう」

「おー了解」

翔平が応じる。

「週四で塾とか、すげーな。おまえ第一志望どこなんだよ」

「いや、今日は英語だけ」

「おまえ英語いつもトップじゃん」

「受験勉強とは別だよ」

「なんで？　留学でもすんのか？」

「まあ、できれば」

それは桜子も初耳だったので、驚いた。千香もショックを受けたような顔をしている。

「周防くん、留学するの？」

「高校でね。交換留学生の制度で、権利獲得できればの話だけど」

交換留学生は厳しい校内審査が設けられているはずだ。しかしこれに受かれば、学校での単位が認められて、帰国後も進級できるし、費用もそんなにはかからない。

「ずっとチャレンジしたいと思ってて。親説得して、英語だけ別に通わせてもらってる」

確かに紫生は成績がいい。英語だけじゃなく、総合科目の順位も一〇位以内だったはず。

「でも、それより先に解決しなきゃなんない問題ができちゃったけど」

「だよな。まさか、これ持ったまま留学なんてな」

翔平がふざけて自分の額のあたりに指を二本立てる。紫生は苦笑し、翔平の額を軽く拳で叩くようにして、先に店を出ていった。

「あ、あたしも塾行かなきゃ」

千香が慌《あわ》てた様子でトレーを片付けはじめた。

「じゃあ、あとでね」

千香の背中も見送って、翔平と桜子は同時にため息をつく。思わず顔を見合わせると、翔平が言った。

「月島《つきしま》。おまえも今日は早く帰れ。なんかすげー疲れた顔してんぞ」

「門倉《かどくら》は……そうでもないね」

改めて見ると、四人の中でも、一番顔色がマシな気がする。翔平はへへっと鼻の頭をかくようにした。

「鍛え方がちげーよ」

さすが元野球部。でもそれなら、千香は陸上部だったし、紫生はサッカー部だった。

「疲れているなら、はい」

和葉がごそごそとカバンから銀色の塊《かたまり》を三つ出す。翔平が面食らった顔をした。

「おにぎりかよ！」

確かにそれは、アルミホイルに包まれた、もはやすっかりおなじみの和葉のおにぎりだ。

「いざって時に力の源になるのは、お米だから」

桜子は思わず聞き返した。

「いざって時？」

「つかまりそうになった時」

よどみない和葉の答えに、桜子は黙り込む。和葉にはわかるのだ。もうすぐ、桜子がつかまりそうだということ。逃げきれないところまで、追い込まれているということ。

翔平も桜子も、黙って卓上のおにぎりを見つめる。やがて翔平が真顔で呟《つぶや》いた。

「……あのな。店ん中でそんなん食ったら、怒られるぞ」

「じゃあ、外で？」

和葉はは い、とおにぎりをひとつずつ、翔平と桜子の前に置いた。

「……ありがとう」

桜子はおにぎりを取った。翔平も神妙な顔をして、手を伸ばした。

それから店を出て、三人で一列に並び、おにぎりを食べながら歩いて帰った。道行く人が少し驚いたようにこちらを見ていたが、気にせず食べた。

ご飯に甘みがあって、塩の加減もちょうどいい。梅干しが酸っぱくて肉厚だ。

「……うめーな」

「うん、美味《おい》しい」

和葉は笑い、

「じゃあ、きっと大丈夫だ」

と請《う》け負《お》った。

紫生が、いなくなってしまうかもしれない。

桜子は携帯の画面を見つめながら、ぼんやりした。

「知らなかった」

とだけ、紫生にメッセージを送った。今は塾の最中だろうから、既読《きどく》はつかない。

この感情はなんだろう。紫生は、もちろん、今ここから逃げ出したいのだ。彼も苦しんでいて、それはきっと小野早苗のことだけではなくて、ここから脱したいのだ。

桜子も同じ気持ちだったはずだ。ここではないどこかへ行きたかった。

でも、どこに行っても、桜子の場合は同じだ。この生まれを変えることはできない。

鏡を見た。絶望的な気持ちになる。同時に、高揚感も生まれる。

ああ、ほら。ツノがまた大きくなった。皮膚はたるんで土色にくすみ、髪はすっかりツヤをなくしている。目は鋭く、赤みを帯びて見える。口がさらに大きくなったようで、開けると、発達した犬歯が見える。

両手をかざすと、爪が伸びている。定期的に短く切っているというのに、鏡の中の爪は伸び続けている。もうすっかり鬼と言えるのではないか。今更、小野早苗を退治したところで、これが消えるとは思えない。早苗がいなくなっても、桜子の問題は解決しない。

「おねーちゃーん」

階下から、愛佳《あいか》が呼んだ。桜子は鏡の前から離れ、階段を降りていった。

そしてリビングの入り口で固まった。そこに、小野早苗の姿があったからだ。

そういえば、さっき、インターホンが鳴っていなかったか。

昌浩《まさひろ》はまだ帰っておらず、母の佳恵《よしえ》がいて、すでにソファで早苗と向かい合って座っている。愛佳はダイニングテーブルの自分の椅子に座って、宿題をしている様子だ。

「先生」

桜子は内心の動揺を押し隠して、にっこりと笑ってみせた。早苗も笑っている。

「驚いた？　近くまで来たものだから、突然の家庭訪問をしちゃった」

「どうしたんですか？」

桜子は努めて冷静な声音で問う。来客によく出す、フルーツ柄のティーカップを、あの白くて太い指が持っている。アップルティーの甘い香りが漂っている。そこに早苗が好んで使っている甘ったるいシャンプーの香りが混ざっているような気がした。

あの手が、紫生の体や髪に触れたのだ。

それを桜子は見た。見てしまった。つい昨日の話だ。そのことに無関係の訪問とは、とても思えない。遠回しに口止めに来たのか。そんなところだろう。

でも、わざわざ家にやってくるなんて。

「先生ね、クラスでのあなたの様子を報告しに来てくださったの」

佳恵が感じよく言う。

「あなたが最近、お友達をちゃんと作って、とても仲良くやっているみたいですって」

「電話で済む話じゃないですか？」

「桜子」

佳恵が眉をひそめる。

「先生はあなたを心配してくださっているのに」

「いいんですよ、お母様」

早苗はにこにこ笑って佳恵を制する。

「年頃ですもの。こういう状況を、煩《わずら》わしいと考えるのもわかります」

「そんな……先生、申し訳ありません」

「ただね、桜子さん。お母様、本当に心配してらしたのよ。先日、あなたが転んで制服が汚れてしまった時に、たまたまお電話させていただいて。その時に、お友達関係のことについて、少し話しました。でも最近では、本当に仲良しが増えてきているみたいだから」

「そうみたいです。今日もね？　お友達と何人かで遊びに行ってきたのよね。テスト前にどうかとも思ったんですけど、桜子の場合、そういうのも大事かなと」

「お母さん」

余計なことを言わないでほしい。案の定、早苗は食いついてくる。

「あら。誰とどこへ遊びに行ったの？　あ、待って、当ててみせるわね。一緒に遊びに行ったのは、土田《つちだ》さんや水瀬《みなせ》さんでしょう。最近の仲良し三人組よね」

桜子は手のひらを強く握りしめる。今すぐに、早苗に、家から出ていってもらいたかった。

「どこに行ったの？」

小首を傾《かし》げるようにして早苗が問う。自殺した生徒の名前を持ち出したら、どういう反応をするだろうか。しかし、思いとどまり、よどみなく答える。

「隣駅の、ショッピングセンターです。水瀬さんが行ったことがないというので、みんなで行きました」

あとで口裏を合わせておかなければならない。早苗は、

「そう。よかったわねえ、月島さん」

と本当に嬉しそうだ。それから佳恵に向き直る。

「お節介かなとも思いながら、直接ご報告したくて立ち寄らせてもらいました。本当、桜子さん、クラス委員の係も一生懸命にやってくれるし、成績も優秀だし。友人関係だけが気がかりだったんですが、気の合う子が見つかったみたいで、わたしも安心しています」

「まあ先生、お節介だなんてとんでもない。本当にありがたいです」

桜子は懸命に笑みを浮かべ続けた。少しでも力を抜くと、叫びだしてしまいそうだった。

「先生。よかったら、近くまで送ります」

「あら。もう暗いし、桜子さんこそ危ないわ」

「大丈夫です。そこの角までだったら」

そうね、と佳恵が応じる。

「角まで先生を送ってさしあげなさい」

「本当に月島さんは優しいわね」

早苗は嬉しそうに言ってソファから立つ。一刻も早く家から出てもらいたくて、桜子は自然と早足で、先に玄関に向かった。すると。

「そうですわ、お母様。あのことですけれど」

早苗の声に、振り返った。嫌な予感が強くした。

「桜子さんの産みのお母様のお話です。お電話でお話しくださいましたでしょう」

桜子は全身が雷に打たれたかのような衝撃を受けて、その場に立ち尽くした。

「先生、それは」

佳恵も青ざめて、桜子と、それから、愛佳の方をおそるおそる振り返る。桜子の視線の先には、愛佳がいた。愛佳は鉛筆を握りしめたまま、こちらを見ている。

早苗は気づかぬ様子で、なおも続けた。

「桜子さんが、どうにも、実のお母様との面会のことで悩まれていると。それで、わたしなりに真剣に考えて、もし、桜子さんが実のお母様との面会に不安を抱いているなら、僭《せん》越《えつ》ながらわたしが同席させていただきたいなと思うんです」

「お姉ちゃん」

愛佳が瞬《まばた》きもせず、桜子を見る。小さな声で聞いた。

「実のお母さんって、どういうこと？」

えっ、と早苗が驚きの声をあげる。

「妹さん、ご存知なのでは」

「あの子は知らないです」

佳恵はほとんど涙声になっている。

「なにも……まだなにも、知らせていないんです」

早苗は青ざめた。少なくとも、本当に顔色を失ったかのような表情を作った。

「なんてこと。申し訳ありません、月島さん。わたしてっきり」

「先生！」

桜子は、ほぼ叫ぶように早苗を呼んだ。

「送っていきます。今、すぐに！」

「そ、そうね。それでは、お邪魔いたしました」

そそくさと早苗は玄関で靴を履《は》き、ドアから外に出る。桜子も急いで後に続き、後ろ手にドアを閉めた。振り返らなかった。愛佳の顔を見ることができなかった。

「先生。これは復讐ですか？」

薄暗い住宅街の道を歩きながら、桜子は前を行く早苗に聞いた。早苗は振り向き、悲しそうな顔をする。

「なぜそんな風に考えるの。先生とっても悲しいわ、月島さん」

桜子は吐き捨てるように言った。

「あなたの本性はわかってるつもりです。先生は、復讐とまで言わなくても、警告に来たんでしょう？　昨日の……周防《すおう》くんとのことを、誰にも言うなって」

「まあ。なぜそんな必要があるの？」

早苗は心底わからない、といった様子で桜子を見た。

「先生は、周防君に生活面での指導をしていただけです。担任ですもの。あなたの知らない周防くんと先生だけの秘密があって、その相談に乗っているの」

「そんなことは信じられない」

「なぜ？　先生とあなたの間にも秘密があるでしょう？　あ、さっきはちょこっとその秘密をばらしちゃって、妹さんには悪いことしちゃったけれど」

今現在、家の中での愛佳の様子を考えると、桜子は心が引き裂かれそうになった。

「どうして来たんですか、先生」

「あなたの家に？」

「そうです、どう考えたって」

「あなたの家、なのかしら？　あそこは？」

同情するような眼差《まなざ》し。今ここに、ナイフがあったら。桜子は想像する。

わたしは、それをこの人の胸に突き立てていたかもしれない。

憎しみと悲しみに凌駕《りょうが》され、鬼となれば、もう誰も桜子を止めることはできない。

「先生、やめて」

「問題よねえ。世の中には養子縁組した家族はたくさんあって、もちろん中には実の親子以上にうまくいっているご家庭もあるけれど。あなたの場合はどうやら違う。あんなにいいお母さんなのに、あなたは、心のどこかであの育てのお母さんを否定している」

「やめて！　何も知らないくせに……」

「知ってるわよ？　あなたが優等生の仮面を被《かぶ》っているのは、本当は怖いからでしょう？　自分の本質が怖くて、それは産みのお母さんに酷似《こくじ》しているかもしれなくて、隠し続けなければ、あなたの居場所はどこにもなくなる。だから、仮面を被り続ける。でもね」

うふふ、と早苗は笑う。

「仮面を被っている月島さんを、先生は大好きよ。だっておりこうさんで綺麗な月島さんは、わたしを裏切らないもの」

「どういう……意味ですか」

「月島さん。知ってる？　教室って場所はねえ、小さな社会なの。社会に出る前の練習の場所なの。社会ってね、みんながそれぞれの役割分担をしながら生きていくものなのよ」

早苗はふう、とため息のようなものをついた。

「わたしはねえ、2組が初めての担任だから、最高のクラスにするって、年度の初めに決めたの。間違ってもいじめとか、いじめによる自殺とか、そんなことが起きないようにね」

桜子はぎくりとした。まさか、知っているのだろうか。桜子たちが、探っていることを。

「でもね、中学生くらいの時って、みんな、大なり小なり病《や》んでいるでしょう？　家族の問題とか、友達との関係、決して乗り越えられないコンプレックス。そういったことが苦しいと、他人を攻撃するようになる。あなただって何人か思い当たるでしょ？　うちのクラスでいえば、相葉《あいば》さんとかね」

　ここで理央《りお》の名前が出されるとは思わなかった。つまりこの人は、良くも悪くも本当に、自分のクラスの現状を把握しているのだ。

「あなたと、周防くんの役割はね？　みんなの憧《あこが》れになりうる存在で居続けることよ。見た目よし、成績よし。ほとんどの人間はあなたたちへのコンプレックスを抱《かか》えながらも、憧れちゃうわ。男子はあなたに、女子は周防君に嫌われないように、自然と振る舞いにブレーキをかけるでしょう？　相葉さんたちだって、どうして強いいじめをしないかわかる？　周防くんに嫌われたくないからよ。もしくは、あなたにバカにされないためよ」

　だから、と早苗は続けた。

「あなたはあなたのためではなく、クラスのために、その仮面を脱いではいけないの。わたしと周防君の間の秘密がどういうものであろうとね？　あなたには関係ないし、誰かに言っていいことでもないわ。だってそれは周防君を傷つけるだけで、あなたのためにはならないもの。あなただって、他の人に秘密を知られたくはないでしょう？」

　考えが甘かった。早苗は、口止めをしに現れたのではない。念押しをしに来たのだ。桜子に、与えられた役を演じろと。そして、戒《いまし》めのつもりで、愛佳に秘密をバラした。

「お天気が怪《あや》しいわねえ」

早苗はのんびり言って空を見上げた。

「ここでいいわ。もう家に戻りなさい。雨がやってくる前に」

それから、ふわふわのスカートの裾《すそ》を翻《ひるがえ》して、夜の闇に消えていった。

あれが鬼かどうかなんて。そんなことは、どうでもいい。鬼であろうとなかろうと、桜子は、小野早苗という人間への殺意を抑えることが、どうしても難しい。


重い気持ちを背負ったまま、桜子は家のドアを開けた。

本当は帰りたくなどなかった。しかしここは自分の家だと、心のどこかで信じていた。血のつながりがあろうとなかろうと、ここに桜子の居場所はあるのだと。それを確認したくて、桜子は家に入った。リビングには佳恵がひとりでいて、愛佳の姿はない。

「お母さん。先生、送ってきた」

佳恵はソファに前かがみに座って、絨毯《じゅうたん》の一点を見つめている。

「そう」

声が怖い。今まで聞いたこともないくらい、怖くて冷たい。

「お母さん。愛佳は？」

「部屋で泣いているの」

佳恵は硬い声で言った。

「ショックを受けているわ。それはそうよね。今まで知らなかったんだから」

「わたし、見てくる」

「やめて！」

鋭い声に、振り返ると、佳恵はまだ絨毯を見ている。

「慰《なぐさ》めたってどうにもならないでしょう？　だってあの子はショックを受けているんだから。あんなに大好きで、慕《した》っていたお姉ちゃんが、自分とは血がつながっていないなんて」

「お母さん……」

「時間が必要なのよ。あの子には。事実をすっかり受け入れるには、時間が必要なの」

うんわかってる。

あのね、お母さん。わたしも同じだったの。時間がものすごく必要だと思っていたの。ある日突然、お母さんが、大好きなお母さんが、血がつながっていないってわかって。わたし、生まれ直しをやりたかったよ。五歳のあの夏、お母さんのお腹《なか》にもう一度入って、生まれ直しをやりたかったよ。

でもお母さんのお腹には、別の女の子がいた。本当の、本当に、お母さんと血がつながった、指や耳の形や髪の毛がお母さんにそっくりな、可愛い女の子が。

「お母さん。時間は解決しないよ」

桜子は絞り出すような声で言った。ゆっくりと、佳恵がこちらを見る。どんよりとした目は、不思議そうに桜子を見ている。

「なにを言いだすの、桜子ちゃん？」

この母が桜子をちゃんづけで呼ぶ時は、本当の心を隠したい時だ。

本当は、どちらを、より多く愛しているのかを。

「だって事実は変わらないじゃない。時間が経《た》ったからって、わたしがお母さんの本当の娘になれるわけじゃないし、愛佳の、本当のお姉ちゃんになれるわけじゃない」

「桜子ちゃん！」

「ねえお母さん。わたし、ずっと羨《うらや》ましかったよ。お母さんの名前から一文字もらった愛佳が。お母さんの遺伝子を受け継いだ愛佳が。羨ましかった。それは、時間が解決できることじゃないんだって、わたしは知ったんだよ」

「やめてちょうだい、桜子」

佳恵は耳をふさぐ。桜子は佳恵のそばまで寄り、目の前に立った。

「お母さん、ねえ、わたしを見て」

「やめて……」

「見てよ！　見なさいよ！」

桜子は怒鳴り、佳恵がおそるおそる、といった様子で顔を上げる。桜子は両手を広げた。

「どこも似てないよ。似てないことを、お母さんは責めたよ。十五年間、毎日まいにち、目線で、声にならない言葉で、時には言葉にさえ出して」

（まあ、まあ、桜子ちゃんの指は、本当に長いのねえ）

「責めてないわ！　そんなこと、するはずないでしょう?」

（お母さんとは、違うのねえ……）

桜子は目をぎゅっとつぶった。息を整えなければ、呼吸ができない。泣くことができないのに、嗚咽《おえつ》にも似た鼓動の音が、うるさく桜子の中で騒いでいる。

憤《いきどお》っている。

目を開けた。目の前に泣き崩れている母を見た。安っぽい。なんて安っぽいの。

「わたしが愛佳に話をする」

宣言するように言うと、佳恵はびくっと肩を震わせた。

「どうして髪の毛が違うのか、顔が違うのか、全部話をする」

「待って！」

佳恵は跳ねるように立ち上がり、桜子の肩をつかんだ。ぎゅう、と爪を食い込ませるほどに強く。蒼白《そうはく》な顔が、必死に桜子を見る。そして叫んだのだ。

「やめて！　傷つけないで！　あの子のことだけは……！」

何かが壊れる音を聞いたと思った。何か、硬いものが。

桜子の中で、本当の桜子自身を押しとどめていたものが。

気づけば桜子は、佳恵を突き飛ばしていた。佳恵は無様に床に転がって、右側頭部をぶつけた。悲鳴があがり、桜子の中で、あの潮騒《しおさい》がいっそう大きくなった。

殺せ。

殺せばいい。怒りにまかせ、悲しみに背を押され、目の前の命を奪え！

佳恵がひっ、と声を漏《も》らし、信じられないものを見るような目で、桜子を見た。

「桜子ちゃん。ツノが……」

桜子はとっさに額に触れた。何もない。しかし、カーテンを引いていないガラス窓に映った自分には、ツノが生えている。異形《いぎょう》のものがそこに映っている。

「これがわたしなんだよ」

桜子は笑った。あなたの娘ではない。娘にはなり得ない。

佳恵が怯《おび》えている。息をするのも忘れた様子で、ただ、桜子の額のあたりを見ている。

化け物なんだ。

最初から？　いつから？　あなたが育てた娘は、もうずっと長い間、鬼だったんだ。

桜子は苛烈《かれつ》な瞳で母を見つめると、顔を背《そむ》けた。

「桜子……！」

佳恵が呼ぶ声を背中に聞いた。でも、桜子はそのまま、外に走り出た。

雨の雫《しずく》がひとつぶ、頬をぶつ。泣けない桜子の代わりに、空が泣いている。

第4章 真紅

1

雨の中を、ひとり、走った。どこへ向かうつもりもなかったのに、気づけば、桜子《さくらこ》は駅前にいた。駅前の有名英語塾が入っているビルの前に。

すでに夜の八時を過ぎていて、暗く、雨も降っているために、誰も桜子に意識を向ける様子はなかった。桜子は街路樹の下に立っていた。ずぶ濡れで、夜の闇にこのまま溶けてしまえたらいいのに、と本気で考えた。

「……桜子？」

ぼんやりと顔を上げると、目の前に、紫生《しき》が立っていた。

「どうしたんだよ。ずぶ濡れで、こんなところに」

心配そうな顔。それは演技なの？　いつもの、女子に対する見せかけの優しさなの？　いいや違う。紫生は、本当に心配している。自分の傘を桜子にさしかけ、リュックから取り出したハンカチで桜子の顔を拭《ぬぐ》う。

そうなのか。わたしは、紫生に会いたかったんだ。だから足はまっすぐにここに来た。ここだけを目的にして走った。

「何かあった？」

問われて、桜子は言った。

「もう居場所がなくなっちゃった」

紫生は、はっとした顔をした。

「ごめんね、紫生。がんばるって約束したけど、自分を好きになるって約束して、がんばったんだけど、無理だった」

「桜子」

「わたしお母さんを殺したいと思ったの。もう少しで、殺してしまうところだったの」

「大丈夫だよ」

「大丈夫じゃないよ。わたしは誰のことも殺したくない。お母さんのことも、先生のことも、誰のことも」

傘の下で。紫生は桜子を抱き寄せた。ぎこちない手つきだった。

「大丈夫」

紫生は優しく繰り返す。

「決断して、だからここに来たんでしょ？」

桜子は頷《うなず》いた。約束したことを、紫生は覚えていてくれた。もう、どうしようもなくなったら。誰かを殺す前に、自分が死ぬ。そして、その時は。

「一緒に行くよ」

抱きしめる腕に力が入る。心地よい温かさに、桜子は溺《おぼ》れそうになる。

雨の匂《にお》いがした。雨の匂いに混ざって、不思議な匂いがした。男の子の匂い。いやじゃない。でも、不思議な匂い。

「でも……留学は」

「うん。それより、桜子と一緒に行く先の方が、もっといい場所に違いないから」

安心して、包まれる。このまま死ねたらいいのに。桜子は心からそう思った。

「行こう」

しかしその心地よさは中断され、紫生は桜子の左肩を抱いたまま、歩きだした。

「どこへ？」

どこかへ。紫生が低い声で答えた。

夜の街が雨に煙《けむ》っている。

光が、後方に流れていく。

ふたりで、そのまま電車に乗った。

新宿で乗り継いだ中央線下り電車は、立川《たちかわ》を過ぎたあたりから、人がぐっと減った。電車は八王子《はちおうじ》止まりで、桜子と紫生は無言のまま乗っていたが、終点で電車を降りた。

駅からは、ふたりで歩いた。手をつないで歩いた。ほとんど見知らぬ土地で、でも、なぜか迷いなく歩いた。住宅街を抜けると坂道があり、こんもりと大きな山のような場所へと続いていた。

そこを歩いた。雨は時折強くなったけれど、視界が遮《さえぎ》られるほどではなかった。紫生はもう傘をさしてはおらず、ふたりで濡れたまま歩いた。

車も一切通らない。やがて坂の上まで来た時、無人のバス停が見えた。屋根があり、ベンチがある。桜子と紫生は、そこへ行って腰を下ろした。

広い道路の向こうは崖になっていて、ガードレール越しに夜景が広がっている。小雨《こさめ》混じりで光が散らばる様は言いようのないほど綺麗だった。

「寒い？」

　紫生が聞いた。

「うん。少し」

　すると紫生が体をずらして、桜子の左側にくっついた。手はまだつないでいる。密着している部分はとても温かい。

　雨がまた強くなった。

　周囲は真っ暗で、雨に閉じ込められている。本当に、この世界でふたりきりならとてもいいのに。そうしたら、きっと何も苦しくはないのに。

「わたし養女なんだ」

　桜子は唐突に話しだした。何があったのか、今まで、何年間もずっと心の奥に秘めてきた真実と気持ちを、紫生に聞いてほしかった。

「うん」

　とだけ、紫生は答えた。それで、そのあとは一気に話す。

「特別養子縁組っていって、普通の養子とは違うの。戸籍《こせき》には実子として届け出られる。五歳の時に、両親に教えられたの。わたしの本当のお母さんは、わたしを育てることができなくなったんだって。それを知った当時は、よくわからなかった。お父さんお母さんって呼んでいるのに、ふたりは唯一無二《ゆいいつむに》のわたしの家族だったはずなのに、この世の中のどこかに、見たことも話したこともない、本当の母親がいる。父親がいる。その事実がよくわからなかったの。それがどういう意味を持つのかも」

真実を受け入れるには時間がかかる、と佳恵《よしえ》が言ったのに対し、桜子は言った。時間は、解決なんてしないと。でも、時間が経《た》つにつれてわかる真実はあった。

「わたしは、どうしたってあの家の子供にはなれなかった。愛佳《あいか》が生まれて、妹はとても可愛くて大好きだったけど、心のどこかで疎《うと》んじてた。せめてわたしだけが、あの家の子供だったらよかったのにって。そうしたら、お母さんはわたしを自分とは比べるかもしれないけど、本当の娘との違いを目の当《ま》たりにせずにすむし、考えることも、お互いずっと少なかっただろうにって」

紫生は黙っていた。桜子もそこで言葉を切った。雨の音が支配して、ふたりとも黙ってガードレールの向こうを見ていた。やがて紫生が呟《つぶや》いた。

「そんな噂《うわさ》、昔聞いたけど、嘘だと思ってた」

そういえば、夏乃《なつの》がバラしたのだ。クラスの女子のグループで。でも卒業する頃には、忘れ去られていたようだし、誰かに言われることもなくなっていた。

「自分が許せない？」

「うん」

前に、約束した。自分を許し、好きになれば、鬼にならずにすむだろうと。自分でそれが難しいなら、お互いのいいところを見つければいいと。

「俺も、努力しようとしたけどダメだった」

紫生が呟くように言う。

「今日、みんなで卒業生の話を聞きに行った時もね、正直どうでもいいような気がしてた」

「そうなの？」

確かにいつも以上に言葉が少なかった。

「今さら、小野《おの》がどれほどひどい人間なのか確かめたところで、真実は変わらないからさ。真実って、俺にとっての真実ね。俺にとっては、小野は確かめる必要もなくひどい人間で」

「鬼だろうがそうじゃなかろうが、関係ない？」

「関係ない。だってさ、俺は俺自身のことを、鬼だと思ってるんだから。それを誰かのせいにはできない」

同じだ。紫生は、桜子と同じように、自分を許せない。小野早苗《さなえ》を憎む以上に、自分を憎んでいる。

「俺の家、両親が小二の時、離婚してさ」

今度は、紫生が自分の話を始めた。桜子は正面を見たまま、ただ、ぎゅっとつないだ手に力をこめる。

「そうなんだ。知らなかった」

同じ小学校だったのに。もっとも低学年の時は、同じクラスになったこともなかったし、ピアノ教室も違っていた。

「母親に引き取られたから、苗字も変わってる。原因は父親の浮気で、離婚した当初は月に一回くらい会ってたんだけど、小三くらいからはずっと会ってない」

そこで紫生はまた押し黙った。言おうかどうしようか、迷っている気配。桜子は待った。するとし、

「五年の初めに、母親が再婚して」

とまた話しだした。

「連れ子同士の再婚で。七歳上の姉ができたんだけど、そいつがすごい……や、なんというか……俺がまったく知らなかった種類の、女で」

手が震えている。桜子はさらに力をこめた。

「紫生。話したくないなら無理しなくていい」

「いいや？　俺は桜子に聞いてもらいたいんだ。だってこれから一緒に死ぬんだから」

死ぬ。確かに、もうそこに終わりが待っている。何を話そうと、どう過ごそうと。

「親の再婚に反発してたんだろうな。俺の母親のことは、最初から気に入らないみたいだった。俺のことは、気持ち悪いくらいベタベタしてきて、体に触ってきたりさ、小野と一緒だよ。でも、あいつの場合は、それだけじゃすまなかった」

　紫生の声が、暗さと激しさを帯びる。

「ある日、親が揃《そろ》って留守の時に、あいつの友達が何人か家に入ってきて……男もいた。それで、ジュースを飲んだところまでは覚えてる。その中に何か入ってたんだろ。意識失って、気持ち悪くて吐き気で目が覚めたら、知らない女が俺の上に乗ってた」

　目の縁《ふち》が、かっと熱くなるのを桜子は感じた。

「両手は縛られててさ。女の次は、男。笑いながら、代わる代わるにさ。泣き叫んだら、男になぐられて、また意識失って」

　小学校五年で、桜子と紫生は同じクラスになった。あの頃、すでに、紫生は壊されていたのだ。

「目が覚めたら、あいつが、俺の顔や体を綺麗に拭《ふ》いてさ、髪にキスして言ったんだ。俺が好きだから、可愛いから、みんなで可愛がってやったんだ。誰にも言うなって。俺がしゃべると、今の家族の平和が崩れるからって」

「言わなかったの」

「言えないよな。母親の幸せとか、世間体《せけんてい》とか、そういうんじゃない。言葉にしたら、俺がやられたことが、数倍の大きさに膨《ふく》らんでしまう気がしたんだ。うまく言えないけど」

「……うん。わかるよ」

誰かに話して、中途半端な同情をもらったら、きっとさらに苦しい。なかったことにできればいいのに。真実が違ったらいいのに。ずっと隠しながら、それを願っていた。

「……その人。まだ一緒に住んでるの？」

「いや。専門学校卒業して、家は出たよ。まあたまに帰ってくる。それで、その度《たび》にじっとりとした目で俺を見るんだ」

「だから海外に行こうと思ったの」

「最初は、そうだった。もうあいつの顔を一切見ないですむ場所に行きたくてさ。今の父親の顔見ても思い出すしね。でも、なんでだろうな。顔を見なくても、普段は忘れていても、もう俺はダメだったんだ」

紫生は、立ち直れなかったのだ。だから自分を許せなかった。

悪いのは紫生じゃないのに。紫生は暴力を受けた側なのに。

「だから、女子に告白されても、内心では嫌悪感でいっぱいだった。気持ち悪かった。俺の何を見て、好きだって言ってんのか。俺が本当は見知らぬ男とか女に汚されまくったって事実を知っても、俺を好きだって言えるのか。あまりにも簡単に告白なんかしてさ、それってあいつらと同レベルっていうか、結局一緒なんじゃないの？　って。俺を店に売ってる商品かなんかと勘違いして、自分たちには勝手に売り買いする権利があるって顔で、俺の意見も、考えも、なにもかもどうでもよくて、ただこの顔と、髪と……っ」

桜子は紫生を抱きしめた。紫生は泣いていた。声を殺して、紫生は泣いた。悲しい、悲しい、苦しい泣き声だった。

「小野はそれを見破ったんだ。俺が小学校の時に苗字が変わってることを探り当てて、最初は親切に相談乗るみたいな感じで、俺がすべてを話したら……」

最初は柔らかく相手の心に忍び込む。すべてをつかんだら、少しずつ支配する。

「紫生」

桜子は強く抱きしめて言った。

「泣かないで」

「……桜子も泣いてる」

「わたしは泣いてない」

泣けないから。すると紫生は言った。

「ずっと泣いてる。俺、わかってる」

その時。桜子の中で、何かが震えた気がした。夢の中で泣いていた鬼の顔を思い出した。悲しい女の咽《むせ》び泣きさえ、聞こえた気がした。泣いているのはあの鬼なのか、桜子なのか。わからない。

体を離した。紫生と間近に見つめ合った。お互いに目をそらさない。どちらからともなく、顔を近づける。唇が重なり、雨の味がする。冷たい肌、でも唇だけは温かい。

「桜子が好きだよ」

「うん」

わたしも、と桜子は言った。

「紫生が好き。どんな紫生でも」

自分のことは嫌いでも、紫生は好きだ。きっと紫生も同じなのだ。

「わたしたち。お互いを好きにならないって約束したのにね」

「うん」

それからふたりで、黙りこくって、手をつないで正面を見ていた。

ガードレールの向こう側。あそこから飛び降りれば、きっとすべてが終わる。

ぎゅっと手に力がこめられたのが合図だった。ふたりで、ベンチから立った。その時、携帯の着信音が鳴った。

桜子の携帯は家だ。何一つ持たず飛び出してきたから、ここまでの電車賃も紫生が払ったのだ。ふたりで顔を見合わせる。紫生が携帯を出した。

「……翔平《しょうへい》だ」

「なんて？」

「グループ」

鬼のグループで、明日、小野早苗を自分が傷つける、と言っている。

『体育館予定地のとこに呼び出して、カッターで切りつける』

すぐに、千香《ちか》が返信した。

『問題にならない？』

『バレればな。けどあいつは絶対に言わない。2組で問題が起きれば、自分の立場がなくなるから』

それに、と翔平は続ける。

『問題になったところで、同じじゃね？　どっちにしろ、後がない』

後がない。それは桜子と紫生だけではなく、他のふたりも同じなのだ。

和葉《かずは》の顔が浮かんだ。

もし、今ここで、桜子が自殺したら。なぜか、和葉が悲しい顔をするような気がした。

「紫生」

紫生がうん、と桜子を見る。

「大丈夫。言って?」

「うん。怖くなったんじゃないの。本当に死ぬつもりだし、それは変わらない」

「うん」

「死ぬ場所を変えたい」

「学校?」

すごいなあ、紫生は。何も言っていないのに。桜子のことがわかるのだ。死ぬなら学校がいい。最後に、早苗に言いたいことがある。和葉にお別れを言いたい。翔平や、千香にももう一度会いたい。

今ならわかる。自殺した瀬戸望美《せとのぞみ》が、なぜ、最後の場所に学校を選んだのか。

それはメッセージだ。早苗への。幾人かのクラスメートへの。

身勝手な行いだろうが、誰かを殺すのではなく、自分を殺した。誰もわかってあげられなくても、桜子にはわかる。紫生にもわかる。およそ、ツノが生えた人間なら、みんな。

「いいよ」

紫生は言った。

「今日一晩だけ、家に帰れる？」

「うん」

桜子は頷《うなず》き、それからふたりで、元来た道を引き返した。

桜子は坂の途中で振り返った。さっきまでいたバス停が小さく見えている。

あの場所を忘れない。

紫生と秘密を打ち明け合い、キスをした、あの場所を忘れない。


千香は暗い部屋で、ずっと携帯の画面を注視していた。

グループで翔平が発言し、千香も返信を打った。既読《きどく》は2。翔平と、紫生か桜子、どちらかが既読をつけている。二人は今、絶対に一緒にいる。

紫生が英語塾に通っていることは、千香は知っていた。同じビルの学習塾に、千香も通っているからだ。

最初に塾終わりに紫生を見かけた時は、運命かと思った。神様に感謝した。同じビルで、同じ曜日に勉強しているなんて。それも、終わり時間までが同じなんて。

わかって以来、塾が終わってからも、千香はビルの周辺で紫生を探すのが習慣になっていた。千香は父親が車で迎えに来てくれていて、紫生は自転車で帰っていた。その後ろ姿を見るだけで、一週間がんばれる気がしたものだ。それなのに。

見るだけではなく、それ以上の関係を、築いている女がいるなんて。

今夜見た光景は、千香の瞼《まぶた》に強く焼きついている。

最初、桜子だとはわからなかった。紫生が傘をさして、でもいつものように自転車に乗ろうとして、振り返った。どきりとした。千香に気づいたのかと思って、思わず手を振ろうとまでした。でも違った。紫生は迷いなく、そこに駆け寄った。顔が心配そうだった。

桜子は雨に濡れたまま、呆然とした様子で立っていた。

同じ傘の下にふたりは入った。だから、何をしているのか見えなかった。しばらくして、ふたりは歩き出した。紫生が傘をさしかけ、桜子の肩を抱くようにして歩きだした。

心臓が壊れるかと思った。壊れて、めちゃくちゃにちぎれて、血が出るかと思った。

紫生と桜子は、そのまま、駅の改札の向こうに消えた。

千香は雨の中、ひとりぼっちで残された。置いていかれた。

その事実が、今見たことの光景が、強烈すぎて、動くことができなかった。

家に帰った後からも、ずっと気にしていた。ふたりはどこに行ったのか。桜子の、あの尋常《じんじょう》ではない様子。

翔平がグループで会話を始めて、飛びついた。返信があるのかないのか。

既読は2。それなのに、返信はなかった。ふたりで、今頃――雨の中、手をつないで。

電車に乗って。どこかで降りた？　いったいどんな話をするの？　お互いの秘密を打ち明け合う。そういえば、ふたりとも、なぜ鬼になったのか、話そうとはしなかった。

翔平しか話していない。千香も話していない。千香が鬼になりかけているのは、きっとこの、嫉妬《しっと》の心――。

鏡を見る。もうすぐ鬼が追いかけてくる夢の時間。鏡の中の千香は、もうすっかり、鬼と同じ顔になっている。どうしても、止められない。

翔平は本気で信じているのだろうか。小野早苗を殺せば、みんな、ツノが消えてなくなると。千香はそうは思わない。どうしたって。あの子を殺さなければならない気がしている。だって千香は、もうすっかり、鬼になってしまっているのだから。

あの子を。そう、きっと、千香がなりたくてもなることができない、あの子を。

2

鏡の中の桜子《さくらこ》は醜《みにく》い。

それでも、今朝は目を背《そむ》けることもなく、その顔を見つめた。もうすっかり自分ではない顔に変化したと思っていたけれど。こうして見ると、やはり、この鬼は桜子だ。

昨夜の夢の中でも、鬼は泣いていた。

今ではわかる。ずっとあの鬼が怖かったけれど、あの鬼は、桜子自身だ。夜の校舎で桜子を追いかけて、つかまえて、わかってもらいたかったのだ。

髪をとかす。肌着の上に、制服を着る。白い長袖《ながそで》のセーラー服。赤いリボンを結ぶ。靴下を履《は》く。もう一度鏡を見る。部屋を見渡す。

「ばいばい」

桜子が階下に行くと、普段通りの朝の光景が待ち受けていた。昌浩《まさひろ》が明るくおはよう、と言う。テレビを見ながらネクタイを結び、佳恵《よしえ》がキッチンでジューサーを回す。

愛佳《あいか》は、いつもとは少し違っていた。パジャマからきちんと着替えて、髪も自分で結んだのか、形は少しいびつだけれど、ちゃんとポニーテールに結ってある。

桜子は、おはようも言わなかった。ただ、静かな瞳で家族一人ひとりを見た。

「どうしたの桜子ちゃん、席に着いて？」

佳恵の目は真っ赤だ。昨夜、桜子は終電で家に帰ってきた。すでに昌浩が帰ってきていて、桜子を探しに外に出ていた。佳恵は警察に連絡もしていた。駅前で紫生《しき》と家の方向に向かって歩いているところを、警察に補導された。

紫生は、母親が迎えに来た。相変わらず綺麗な人だった。桜子を迎えに来たのは昌浩で、ふたりで、歩いて家に帰った。

「お母さんのことを、許してやってくれないか」

昌浩は言った。許すも何もない、と桜子は答えた。

「大事に育ててもらったと思ってる」

昌浩は涙ぐんでいた。そして、桜子がいなくなって、佳恵がどれほどパニックになったか、心配していたかを話した。そのすべての話がどうでもいい、と桜子は思ってしまった。

今もそうだ。朝、このダイニングルームにはいつもと同じ平和な光景があるのに。父も母もひたすら優しく、妹はこんなに可愛らしいのに。

観葉植物が作る床の影を見つめる。あの影の中に、ようやく溶け込むことができる。もう二度と、眩《まぶ》しすぎる光に目がくらむことはない。

「行ってきます」

　桜子は朝食のテーブルに着くことなく、ひとつ、家族みんなに向かって頭を下げると、玄関に向かった。

「お姉ちゃん！」

　愛佳が追いかけてきた。手には箸《はし》を持ったまま。桜子は待った。愛佳が何か言うのを。

　桜子の方も、何かを言おうとして、でも言葉が見つからない。愛佳が、へへっと笑った。胸をつかれて、黙っていると。

「髪、自分で結んだんだよ」

「うん。上手にできてるよ」

「ポニーテール」

「そうだね」

「前に約束したよね。お姉ちゃんが持ってる黄緑のボンボンがついたゴム、愛佳が自分で髪結べるようになったらくれるって」

「……机の二番目の引き出しに入ってるよ。今日、つけていったら？」

　愛佳は、すると急いで首を振った。

「いいの。今日さ、お姉ちゃんが学校から帰ってきたらさ。愛佳に渡してくれる？」

桜子は、黙って愛佳を見つめた。これが最後なのに。最後なのに、嘘をつく。

「いいよ」

玄関を出る。扉を閉める直前に愛佳が叫んだ。

「約束だよ？　ちゃんと、帰ってきて、直接ちょうだいね？」


初秋の風が頬を撫でる。翔平《しょうへい》が授業中に立ち上がり、窓辺まで行ったので、みんなハッとして彼を見た。でも翔平は束《つか》の間《ま》校庭の隅を見ただけで、静かに窓を閉めただけだ。

退屈で平和な授業が次々に終わってゆく。誰も、直接話そうとはしなかった。千香《ちか》が時折、落ち着きない視線をよこしたけれど、桜子は目をそらした。

翔平の計画では、放課後、早苗《さなえ》を呼び出して、そこで正体を確かめることになっている。みんなで、あの新体育館予定地に集まる計画だった。

早苗を呼び出すのは、紫生が請け負《お》った。いかにも怪《あや》しい呼び出しに、教師が応じるのか不安があったものの、「俺が呼べば来る」と紫生が自《みずか》ら申し出たのだ。

そうかもしれない。早苗は、ある意味、紫生に執着している。

中間テスト前だから、二年生以下も部活は休みだ。生徒は授業とホームルームが終わったら早々に帰宅する。集合場所は、職員室からは離れている。死角に入れば、誰からも見られない。早苗が鬼であろうと、人間であろうと。

桜子は、今日、死ぬ。紫生といっしょに。


いつも通りの授業が終わり、ホームルームと掃除の時間が終わって、桜子は千香と一緒に集合場所へ向かった。

「水瀬《みなせ》さんは？」

紫生は先生を呼びに行っている。その時にあるものを手に入れてくる約束になっていた。

翔平は一番先に行って、人がいないか確認する役目になっている。千香が首を振った。

「先に行ってると思うけど」

一緒に行けばいいのに。なんとなく、桜子は千香とふたりきりになるのが気まずかった。

千香が紫生を好きなことには気づいている。どの程度の強い気持ちなのかはわからないけれど、紫生と話すときは赤くなるし、目線で追っていることもよくある。

その紫生と桜子は、一緒に死のうとしている。紫生が死んだら、千香は泣くだろう。千香だけではなく、たくさんの女子が泣くだろう。男子も泣くだろう。紫生は人気者だから。

少し、迷いが生じていた。

紫生は優しいから。だから、桜子の気持ちに同情したという面もあるのではないか？

もしも、紫生が迷いを見せたら。その時は、ひとりで行こう。笑って大丈夫、と言おう。ありがとうって言おう。そんなことを考えて黙って歩いていると、千香が突然、聞いた。

「月島《つきしま》さん、昨夜、周防《すおう》君と一緒にいた？」

桜子は驚いて立ち止まった。千香がじいっとこちらを見つめてくる。

あの視線だ。桜子を観察し、嘘を見逃さない、あの視線。

「見たんだよ、駅前で。ほら、あたし、周防君と同じビルの塾行ってて、その帰り。ふたりで、改札くぐるところまで見てた」

桜子は、ふう、とひとつ息を吐いた。

「声、かけてくれればよかったのに」

「そう？　すごく、ふたりの世界って感じだったから」

「そんなことは」

確かにあの時、桜子は周りが見えていなかった。雨のせいもあるが、誰も、自分たちに注目なんてしていないと思った。

「昨日、どこに行ったの？」

「…………」

「何時まで一緒にいたの？　まさか、一晩中？」

「答える必要ある？」

声が尖《とが》ってしまうのは、どうしようもできなかった。ああいやだ。もう二度と、紫生のことで、誰かと言い争いたくなんかないのに。

「あるでしょ」

千香は目を丸くして答える。何を言ってるの、と言わんばかりに。

「周防君は、みんなの周防君でしょ」

「え？」

「誰かが独り占めするなんて、許されないでしょ」

「土田《つちだ》さん……大丈夫？」

さすがに桜子は心配になった。千香の様子がおかしい。紫生に話しかけられて顔を赤くしていた千香とは、全然違う。小さな瞳は瞬《まばた》きもせず、充血している。ふう、ふう、と息も荒くなっている。顔色も悪い。土気色《つちけ》というより、濁《にご》った黄土色《おうど》みたいな色。

「もしかして」

変化が急速に早まったのだろうか。千香の顔は、まるで、鏡の中の桜子のようだ。今にも額《ひたい》が割れて白いツノがのぞきそうな。

「大丈夫だよ」

千香は、奇妙にしゃがれた声で言った。

「でも、見張ってるから。周防君を独り占めなんかしたら、許さないからね？」

新体育館予定地にいたのは、翔平だけだった。和葉《かずは》の姿がどこにもない。しかし桜子はそれどころではなく、千香の様子に気を取られていた。

千香は脅《おど》しのような言葉を口にした後は、ずっと黙りこくっている。

ただ、息が妙に荒い。翔平も、その様子に気づいたようだ。

「土田。おまえ、なんか顔色悪くね？」

「大丈夫」

千香は平坦な声でもう一度繰り返す。

「大丈夫だから」

千香はそれから、地面の一点を睨《にら》んだまま黙りこくった。

桜子も黙っていた。体が、妙に緊張していた。

「あのさ」

翔平が、ぽつりと切りだす。

「先にふたりには報告しておくけどさ。俺、鬼から解放されたみたいなんだ」

桜子はえ、と翔平を見た。

「どういうこと？」

「実はここ一週間くらい、鏡の中を見ても、ツノが生えてない」

「本当に？」

「おう。鬼退治する前に、どっか行っちまったみたいなんだよな。不思議だけど」

確かに、昨日も感じたのだ。翔平は四人の中でも一番元気そうだし、思いつめている様子がない。瀬戸望美《せとのぞみ》のことを聞きに行った時も、いつになく落ち着いていた。

「そうか。おめでとう」

桜子は、心から言った。翔平は照れたような顔になる。

「おめでとう、なのか？」

「そうだよ。きっと、門倉《かどくら》の心を苦しめていた枷《かせ》が、少し楽になったんじゃない？　だから、鬼化が止まった」

「それは、俺も感じてた」

本当に良かった。これで、心残りがひとつなくなった。

「ふうん」

千香が低い声で言う。

「それなのに、小野《おの》先生をやっつける気持ちは変わらないんだ」

「それとこれは別だろ」

翔平は心外そうだ。

「たとえ自分が鬼じゃなくなったって、おまえらはまだ苦しんでるだろ。その原因があいつなら、やらなきゃダメだろ」

「すごいね、その正義感」

「俺は」

翔平は生真面目《きまじめ》な顔で千香と桜子を見た。

「勝手に思ってるだけかもしんねーけど、おまえたちのことは、やっぱり仲間なんだって思ってる。自分だけが楽になろうなんて、考えたこともない」

それは真実なのだろう。この人の好《よ》さが、翔平を苦しめた。妹が死んだことで、長年自分を苦しめ続けた。誰だって、自分だけの苦しみを抱《かか》えて生きている。桜子だって決して特別ではない。また、紫生だけが辛《つら》いわけじゃない。

でも、和葉も言っていた。自分の問題を解決できるのは、自分だけなのだと。だからこそ、目を背《そむ》けずに、自分の心と向き合わなくてはならない。

そういう意味で、翔平は、何かをひとつ乗り越えたのだろう。

「よかった……」

翔平が、鬼から解放されてよかった。本来、彼は、鬼とはもっとも遠い場所にいる人間のような気がしていたから。

「おう。でも、最後まで付き合うからな」

桜子は微笑む。最後がどこなのか、翔平は知らない。

「来たぜ」

翔平が言って、振り向くと、校舎の陰からふたりは現れた。

紫生と、小野早苗は、ふたり並んで、ゆっくりとした足取りでこちらに向かってくる。

「見せたいものって、この子たちのこと？　周防君」

小野早苗は穏やかに紫生に問う。

「先生、テスト準備で忙しいの。話があるなら、生徒指導室に来てもらいたかったな。できれば、テスト後に」

「生徒指導室では、話せません」

桜子は言った。

「あら、どうして？　月島さん。やっぱり、もう一度家庭訪問するべきかしら？」

「生徒指導室だと、あなたのペースに巻き込まれてしまうし、人目もあります。家に来たら来たで、先生は家族を脅《おど》しの材料に使いながら、自分の思惑《おもわく》通りに話を進める」

「脅しだなんて、人聞きが悪い」

早苗は薄く笑った。

「じゃあ、謝ってください」

桜子はまっすぐに早苗の目を見て言う。

「わたしたち全員に。わたしたちの秘密をちらつかせながら、思い通りにクラスを動かそうとしたことを、謝ってください」

数秒の沈黙が流れた。やがて、ゆっくりと、早苗が首を傾ける。

「どうして？」

無邪気にも思える顔で、早苗は聞いた。

「秘密って、あれかしら。あなたが養女で、ずっと今のご両親に疑心暗鬼《ぎしんあんき》の気持ちを抱きながら、感謝もせずに、自己憐憫《れんびん》に浸《ひた》りながら生きてきたことかしら。土田さんの場合は、あれよね。どうしようもなく醜いコンプレックス。一年生の時に親友の鈴木《すずき》さんが転校してしまったのを、人のせいにしているけれど、自分が一番いけなかったのよね。コンプレックスの裏にひそむ、自分が一番可愛い、こんなはずじゃないという無駄な自己肯定感《こうていかん》との狭間《はざま》での苦しみが、友達に手を差し伸べるのを躊躇《ちゅうちょ》させたのよね。本当にバカみたいで汚《けが》らわしいわ。それから、」

なめらかな口調で一気にしゃべると、早苗は言葉をいったん切って、硬直している全員の顔を一人ひとり見ながら、なおも続けた。

「門倉君は、自分のせいで妹さんが死んだんだと自分を責め続けている。楽だからよねえ。そうすれば、そんなことないよと言ってもらえるしね？　本当はわかってるんでしょ。あなたが妹さんを殺したって。それから、ああ、周防君」

早苗は手を伸ばし、紫生の髪に触れる。紫生が、ぱっと体を離そうとしたのを、腕をつかんで止めた。

「あなたは大丈夫。あなたは可愛いわたしのお人形さんだもの。世俗の醜い欲に汚されたって苦しんでいるけれど、あなたはちっとも汚れてなんかいないのよ。本当に綺麗よ、周防君。わたしと一緒にいれば、ずっとずっと清らかな少年のままでいられるのよ」

うっとりと、瞳を潤《うる》ませて早苗は言う。紫生の瞳が死んでいる。本当に人形のように。

「わたしたちは！」

憤《いきどお》りをぶつけるように、桜子は叫んだ。

「先生が引き出しにしまっている人形じゃありません。わたしたちは、全員、醜くて、でも同時に誰にも汚されないものも、ずっと持ち続けてる。先生の思う通りにはなりません」

「どうかしら」

うふふ、と早苗は笑う。

「わたしに勝てるとでも思ってるの？　本当に？」

「勝てる」

翔平が叫んだ。

「おまえは鬼だ。鬼は、おとなしく地獄へ行け！」

そうして、ナイフを取り出した。翔平は真っ赤な顔をして、血が逆流しているみたいだった。取り出したナイフで、早苗に斬《き》りつけた。計画通りだったのに、誰かが小さな悲鳴をあげた。早苗ではなく、千香でもない。桜子本人の声だった。

血が、地面にぱらぱらっと散らばる。翔平のナイフは早苗の左腕をすっぱりと縦《たて》に切っていた。紫生の腕をつかんでいる方で、紫生が、ナイフの刃がそれないように、早苗の手首を上から押さえていた。桜子は、地面に散らばった血を凝視《ぎょうし》する。

「ちくしょう」

翔平が悔しそうな声をあげる。

血の色は、赤。群青《ぐんじょう》色などではなかった。

和葉、と桜子は心の中で少女の名を呼ぶ。どこにいるの？　小野早苗の血は赤かったよ。鬼じゃなかったよ。和葉はそれを知っていたんじゃないの？　本当の鬼は、誰なのか。

「なにをするの」

早苗が、怯《おび》えた様子もなく切られた腕を押さえる。

「門倉君。これはさすがに問題よ？」

「うるさい！」

翔平は噛みつくように叫んだ。

「これくらいですむと思うなよ？　おまえなんか、本当に死ねばいいんだ」

「それで、ご両親にまた迷惑をかけるのねえ」

余裕の声で早苗は言う。翔平の動きがピタリと止まった。

「悲しまれるでしょうねえ。愛娘《まなむすめ》をたった四歳で転落死で失い、愛息子は、学校で問題を起こして少年院送りになる」

翔平は、だらりと手を下げた。震える手から、ナイフが地面に落ちる。

あっけないほど軽い音をたてて。

「先生」

紫生が地面に倒れた早苗を、優しく助け起こす。

「周防君」

早苗が媚びた声で、甘えるように紫生を見つめた。

「もう。こんな怖い目に遭《あ》わせるなんて、先生、またお話ししなくちゃならないわ」

「俺、もう先生とは話しません」

「え？」

紫生は、ぱっと早苗の手を振り払うようにした。

「どういうこと？」

「先生は俺のことを理解できると言った。でも、それは無理です」

「そんなことないわよ？　落ち着いて、もう一度最初からちゃんと、一緒に解決してゆきましょう？」

「汚い手で触るな」

つかまれそうになって、紫生は体を避けた。早苗はよろめき、しばらくうなだれて立っていたが、振り返った顔は、憤怒《ふんぬ》した鬼そのものだった。

「周防君。先生を怒らせると、ろくな目にあわないわよ」

「もういいんです」

「よくないでしょう」

「俺、先生が手を伸ばしても二度と届かない場所に行くんで」

紫生は、そして、桜子に手を差し出した。

「桜子」

桜子は頷《うなず》き、紫生の手を取る。そのまま、後ろを見ずに駆けだした。

ふたりで、手をつないで。

「待ちなさい！　どこに行くの！」

振り返らなかった。


振り返れば、そのことに気づいたのかもしれない。でも桜子と紫生は、前だけを見て一緒に走った。校舎に入り、階段を一気に四階まで駆け上がる。

何かを、伝えなければならない気がしたが、息が切れて、苦しくて、その余裕がなかった。北側校舎の廊下を走る。目指すのは、あの非常階段出口だ。

ここのドアは、ずっと施錠されている。でも紫生が、以前、鍵がある場所を早苗から聞き出していた。早苗を呼びに行く前に、紫生は鍵を手に入れていたのだ。

紫生が鍵を回す。

桜子は、懸命に自分の心に引っかかっているものを見つめようとする。

わたしは、何かを紫生に伝えなければならない。でも、それが何かはわからない。考えろ、考えろ。

鍵が外れ、ドアが開く。風がびゅうっと吹いてきて、桜子と紫生の髪を乱す。

「いい？」

紫生が聞いた。桜子は、心に引っかかるものを抱《かか》えたまま、頷く。

「桜子。怖い？」

怖くはない。紫生が一緒だから。ずっと、紫生と、こうして手をつないでいたいと思っていた。飛び降りれば。もう離れることはない。

でも、でも――怖いわけじゃない。怖気《おじけ》づいてもいない。

紫生が笑う。優しく笑う。あの透明な瞳は、ただ桜子だけを見ている。

でも、なんて悲しい瞳をしているんだろう。桜子は気づいた。紫生の中にも、まだ、拭《ぬぐ》いきれない何かがあることに。

「紫生。わたしたち――」

「周防君！」

高く呼ばれた名前。振り返った廊下の先に、千香がいた。ここまで追いかけてきたのだ。

「周防君。どこにも行かないで！」

千香の手には、ナイフが握られている。先ほど、翔平が、早苗を傷つけて落としたあのナイフだ。千香がたっと廊下を蹴った。両手でナイフをしっかりと握りしめ、駆けてくる。その目は、桜子ではなく、ただただ、紫生の胸元に据えられている。

「周防君！」

おおお、と獣じみた咆哮《ほうこう》をあげながら、千香が走ってくる。

そうか、と桜子はその動きを凝視しながら、気づいた。どうしても考えなければならなかったこと。

わたし。紫生に、死んでほしくないんだ。

自分がというより、紫生に、死んでほしくない。あんな悲しい、苦しい瞳をしたまま、旅立ってほしくない。

「紫生！」

桜子は、紫生の首に手を回し、彼を抱きしめるようにした。同時に、背中に灼熱《しゃくねつ》の痛みと、味わったことのないような衝撃を覚える。

「桜子！」

紫生の声が遠くに聞こえる。ずるりと滑り落ちて床に倒れ込みそうになるのを、紫生が必死に支えている。

「桜子！」

誰かが泣き叫ぶ声がする。千香だ。千香が悲鳴のような声で泣いている。

ごめんなさい、ごめんなさいと泣いている。謝らなくていいのに。桜子は目を閉じる。

自由になれるんだ。これで、やっと。

鬼であろうと、人間であろうと、桜子は苦しかった。苦しかったけれど、誰かに死んでほしくないと最後に思えてよかった。自分はまるで鬼だと思っていたのに、自分以外の誰かを想う気持ちがちゃんと残っていて、よかった。

（なくさないでね）

（あなたの中にある、赤くて綺麗なものを、見失わないでね）

和葉の声が聞こえる――どうして。

闇を背景にして、女の人が立っている。長い裳裾《もすそ》を風にはためかせながら、紅葉《もみじ》が舞い落ちる木の下で、女の人が泣いている。

額《ひたい》にはツノ、でもその顔は白く美しく、まるで和葉にそっくりだ。

「和葉」

女の人がこちらを見る。一瞬で、本物の和葉に変わる。和葉は笑っている。

「よかった、間に合って」

桜子は自分の全身を見下ろす。どこも痛くないし、刺された様子もない。

「どういうこと？」

「言ったでしょう？　桜子は綺麗で優しいって。大丈夫。なくしてない。桜子は、そのまで、本当に綺麗だよ」

「和葉……」

「耳をすませて？　あなたをあなたにしてくれる人たちの声が、きっと聞こえる」

目を閉じる。耳をすませる。血潮《ちしお》がごうごうと流れる音がする。

その血は赤い。

おねーちゃーん、と聞こえる。愛佳の声だ。

（約束だよ？　ちゃんと、帰ってきて、直接ちょうだいね？）

勝手に使えばいいのに。あの家で、桜子のものなど、なにひとつないのに。

本当に？

（まあ、まあ、桜子ちゃんは、指が、長いのねえ）

佳恵はそう言って泣いた。苦しかったのだろう。悲しかったのだろう。悩んだのだろう。

佳恵だって。桜子を、本当に産むことができたなら、どんなによかっただろう。

（ごめんなさい、ごめんなさい）

謝らなくていい。本当は、最初から怒ってなんかいなかった。最初から、記憶にあるよりずっと前から、桜子は母を愛していた。愛佳を、昌浩を愛していた。

誰にも苦しんでほしくない。死んでほしくない。家族にも、紫生にも、千香にも、翔平にも、和葉にも。そして、自分自身も。

許したい。自分を許せば、生きていくことができる。わたしはわたしなのだ。

綺麗で優しいものでできている。

紫生が、和葉が、そう言ってくれた。その言葉を受け入れることができるだろうか。

生きることが、できるだろうか。

「桜子！」

紫生の声が聞こえる。泣いているんだ。馬鹿だな。男の子がこんな風に、声をあげて泣くなんて。

桜子は、目を開けた。

3

目覚めた時、桜子《さくらこ》は保健室に寝かされていた。

紫生《しき》、翔平《しょうへい》、そして千香《ちか》もいる。千香は泣いていて、翔平と紫生はホッとした顔をしている。起き上がって、とっさに背中に手を回した。どこも痛くはない。

「わたし」

「貧血かしらねえ」

間の抜けた声で、保健室の先生が言った。体温計を桜子に渡す。

「念のため熱計って？　季節の変わり目で体調崩す生徒多いから。でももう下校時刻過ぎてたのに、いったい何をしてたの？」

紫生が、真剣な声で言う。

「先生。五分でいいので、俺たちだけにしてください」

「あら」

三十代くらいの養護教諭は、全員の顔を順番に見たが、やがて肩をすくめた。

「親御さんに連絡してくるわね。貧血みたいだから迎えに来てくださいって」

養護教諭が出ていってすぐに、千香がわっと泣きながら桜子に言った。

「ごめんなさい。本当にごめんなさい。あたし、どうかしてた。まさか、本当に、人を、こ、殺そうとするなんて」

「土田《つちだ》さん」

千香は涙で顔をぐしゃぐしゃにして、嗚咽《おえつ》まじりに言った。

「あたし、ずっとずっと、月島《つきしま》さんが羨《うらや》ましかったの。羨ましくて、仲良くなれて嬉しかったけど、心の中に、ずっと黒い気持ちがあって」

桜子は、静かに頷《うなず》いた。

「苦しかったんでしょ」

涙で腫《は》れた目が、驚いたように桜子を見る。

「みんな、苦しかった。理由は違っても、みんな、自分でいることが苦しかった」

「……月島さんも？」

「わたしね、中学生になってから、ずっと、厄介《やっかい》なことから目を背《そむ》けてきて、それに対して罪悪感があって……鬼の話も、自分こそは鬼だって、もう確信してたんだ」

千香は顔を覆《おお》った。

「あたしはねえ、最初、因果応報《いんがおうほう》だと思ったの。一年の時、友達をいじめから助けられなかったから。でも、月島さんはあたしを助けて。それが余計、惨《みじ》めだった。惨めさと、羨ましさで、どんどん、どんどん、鬼になっていった」

「でもみんな、鬼にならなかった」

翔平がさっぱりとした声で言う。

「みんな、自分以外の誰かのおかげで救われた。それでいいんじゃね?」

翔平は、まず誰よりも先に自分の苦しみに正直になった。だから、一番先に救われたのかもしれない。桜子は千香の手に触れる。千香はうつむいたままだったけれど、桜子の手の上に、もう片方の手を乗せた。

「本当に、ごめんね」

消え入りそうな声で、幾度も千香が謝る。

「大丈夫。なんともないから。あの時、水瀬《みなせ》さんが……」

混乱の中、光とともに現れた、おさげに赤いメガネの少女。

「あたしもあの時、水瀬さん見た。止めてくれた。忘れないでって。思い出してって」

「なにを?」

「わかんない。でも、おばあちゃんの声が聞こえて。あ、あたしのこと、優しい子だって言ってくれた、おばあちゃんの声が」

「そうだね」

桜子は呟《つぶや》いた。

「土田さんは優しいよ。わたし、わかってたよ」

（どうして泣いているの？）

千香は、気づいてくれた。桜子の叫びに。それから、和葉《かずは》も。彼女が来てくれなかったら、千香も桜子も、今ここにいない。そこで、桜子は、はっと周囲を見渡した。

「水瀬さん、どこ？」

「わからない」

紫生が言った。頬には涙のあとが残っている。

「桜子が倒れて、みんな、騒いでいる間に、水瀬どっか行った」

「どこかって」

いったい、どこへ行ったというのだろう。明日は普通に学校に来るんだろうか。

あの時、和葉は、どうして笑ったんだろう。とても嬉しそうに。

和葉を探すことはできなかった。それからすぐ、佳恵《よしえ》が血相を変えて保健室に飛び込んできた。佳恵は他の子たちの目を憚《はばか》ることもなく、わっと泣いて、桜子がいるベッドに身を投げ出すようにして、桜子を抱きしめた。

「ずっと怖かったの。今日一日、ずっと」

「お母さん」

「もう帰ってこないような気がして。それで、やっぱり学校まで迎えに行こうとしてたら、電話が」

佳恵の声は震えている。小さいなあ、と桜子は、その丸い肩を見下ろして思った。

「大丈夫。ただの貧血みたいだから」

静かに嘘をつく。佳恵は両手で桜子の顔を包むようにして、じっと桜子の目を見つめた。

見つめられても、嫌じゃなかった。佳恵の瞳の中には、嘘のない愛がある。

こんなにも、はっきりと、わかることができるなんて。

(あなたの中にある、赤くて綺麗なものを、見失わないようにしてね)

あの時。何かが、桜子の中で溶けて、流れ出していった。

浄化された。涙とともに。

ああ、そうだ。その涙を見て、和葉が微笑んだのだ。

紫生とは、その夜、電話で話した。

『ごめんな』

紫生はまず、謝った。謝る必要なんてないのに。

桜子の方こそ、紫生を利用したのかもしれない。それを正直に言った。

「鬼は、わたしだったんだ」

誰にも言えなかったけれど、鏡の中の変化は、もう止めようがないくらいだった。

追いかけてきたくせに、泣いている鬼。あれは桜子本人だった。桜子自身の、直視できない心。どこにも逃げ場所がなくて、もう死ぬしかないと思って、紫生の優しさに甘えた。

「でも最後に、紫生が死ぬのだけは、嫌だと思ったの」

うん、と紫生も答える。

『俺も。あのままの気持ちで、桜子を終わりにさせたくないって。もし水瀬が土田を止めることができずに桜子が死んでたら……俺、今度こそ自分が許せなかったと思う』

桜子は、少し考えて言った。

「じゃあお互い、生きていればいい。紫生が生きていて、その命を強く願う間は、わたしは大丈夫という気がするの」

うん。そうだね。電話越しの声が心地よい。部屋の中も静かで、鬼がやってくる気配はない。鏡の中の桜子も、もう鬼ではない。

『おやすみ』

紫生が言って、桜子もおやすみと言って電話を切った。

これを恋と呼ぶのかどうかはわからない。たぶん紫生の方もそうだろう。

キスをしても、手をつないでも、あまりにも自然で、ただただ、相手のことを想う。

誰かの幸せを願う。ああそうか、最初の紫生との約束。

自分を好きになれないなら、自分以外の誰かを好きになればいい。そうしたら、きっと——。


小野《おの》早苗《さなえ》が退職し、町から去ったと知ったのは、その翌週のことだった。

4

誰かに支配される時代は終わったはずだったのに。

早苗は大きなスーツケースに荷物を詰め終え、それから、大好きなディズニーランドのクッキーの空き缶を前に、少しぼんやりした。

空き缶の中には、長年コレクションしてきた、可愛いガラスの動物たちが入っている。

ずっと職員室の机の引き出しにしまい、時折開けては楽しんでいたものだ。お気に入りの生徒にだけ見せると、彼女たちは、目を輝かせていた。

みんな、早苗が好きだったはずだ。彼女たちの秘密を握りながら、そうとは思わせず、うまく操作してきた。女子生徒には恋愛の相談にも乗ってやり、女子特有の面倒な争いごとにも、大人の立場からの意見を優しく伝えたりして、物分かりのいい教師を演じてきた。

心の底では、弱くて醜《みにく》い生徒は大嫌いだった。

早苗は、綺麗な生き物が好きだ。容姿が劣る子は、もうそれだけで、価値が低い生徒とみなしてきた。でもそれをおくびにも出さず、公平で優しい早苗先生でい続けたのに。

どこで間違えたのだろうと思う。どこで、あの子たちは、早苗の引き出しから飛び出して勝手なことをやりはじめたのか。

「早苗ちゃん。本当に行くの？」

後ろに立った母親が、おろおろした声で聞く。

早苗はひとり娘で、二十代も半ばを過ぎたいい大人なのに、この親は、いまだに早苗を可愛い女子中学生か何かだと思っている。

「お母さんが、学校に電話してあげようか？　ウチの娘は、本当はやめたくなんかないんですって。校長先生は、ほら、お母さんの話なら聞いてくださるから」

今の中学の校長は、早苗が中学生だった時の担任だ。母親は三年間中学校のＰＴＡ役員を務めたこともあり、いまだに顔が効くと思っている。

「やめて。自分が退職したかったんだから、余計なことしないで」

「でも、早苗ちゃんは今の仕事に生きがいを感じて……」

「だから、勝手に決めつけないでほしいの、そういうの」

振り返ると、母親はショックを受けた顔をしていた。

老《ふ》けたな、と思う。よく見ればシワが増えて、顔もシミだらけだ。それなのに二十年も前から服装は変わらない。花柄のスカートに白いニットを合わせ、ピンクの口紅をする。よく似た親子だね、と昔から言われた。

この母親は、昔から、早苗を溺愛《できあい》していた。何か問題が起きると、すぐに学校に電話して、教師を責めた。友達関係を管理し、進学先も決めた。

早苗は、優しい真綿で自由を縛られた虜囚《りょしゅう》のようなものだった。好きな服、好きな勉強、好きな友達。気づけば何一つ自分ではわからない。

「まだ荷造りすんでないから。邪魔しないで」

部屋から母親を追い出し、ぴしゃりとドアを閉める。

もっとずっと前に、こうしていればよかったのだろうか。

学校という場所は。早苗が母親の束縛から離れ、自由にできる空間だったはずだ。あそこには自分を管理する大人はおらず、自分こそが、子供たちを管理できた。

今年の初め、瀬戸望美《せとのぞみ》が、勝手に錯乱して自殺した時。早苗は悲しくなどなかった。チャンスだと思った。生徒たちは担任への信頼をなくし、気持ちに丁寧《ていねい》に寄り添う活動を続けた早苗を信頼してくれた。学校にも評価され、初めてクラスを持たされた。

そのクラスを、完璧に管理していたはずなのに。

周防紫生《すおうしき》は、早苗の初恋の男の子に似ていた。初めて見た時から魅了され、自分のものにしたいと強く願った。性的なことをしたかったわけではない。そんなのは気持ち悪い。早苗が望んだのは、自分が中学時代に近づきたくても無理だった、初恋の相手によく似た少年と、恋愛ごっこをすること。

紫生の方も逆らわなかったのに。何かを諦《あきら》めたようなあの眼差《まなざ》しがたまらなかったのに。

(俺、先生が手を伸ばしても二度と届かない場所に行くんで)

そうして、自殺を図ろうとするなんて。

「馬鹿な子たち」

呟《つぶや》いた早苗は、自分が冷たい汗をかいていることに気づいた。

まただ。震えが止まらない。おそるおそる鏡を見る。顔は青ざめているけれど、あの日に見たものとは違う。それで少し安心する。

あの日。周防紫生が早苗に決別の言葉を投げつけ、月島桜子《つきしまさくらこ》の手を取って走って去った。北棟に向かったとわかった時には、嫌な予感に襲われた。でも、それでもいいわ、と思う自分もいたのだ。自分のものにならないなら、消えてくれた方がいい。早苗はまた、悲劇の担任を演じればいい。しかし、ふたりは飛び降りなかった。月島桜子が意識を失い、保健室に運び込まれただけだとわかったのは後のことだ。

ふたりを、ゆっくりと追いかけて校舎に入ったところで、早苗は呼び止められたのだ。

「小野先生」

振り返った早苗は、少し驚いた。見覚えのある、男がそこに立っていた。

一度見たらちょっと忘れそうもない、雰囲気のある男だ。

年齢は、おそらく四十前後。背が高く、引き締まった体つきをしている。甘く整った顔は、女にさぞかしモテるだろうと思わせる。こなれた感じのジャケットにパンツ。揃《そろ》いのベストに薄いブルーのシャツがとてもよく似合っている。

多くの女が、こんな男に目を奪われるのだろう。でも早苗は別に興味もない。相手は生徒の父親だ。それに、年上すぎる。早苗は柔らかく微笑んだ。水瀬和葉《みなせかずは》の父親に。

「水瀬さん。どうされましたか」

「突然すみません。実は、わたしの急な仕事の都合で、娘をまた転校させなければならなくなりまして」

「まあ」

早苗は残念そうな顔を作ったが、別に残念ではなかった。早苗が思い描く完璧な3年2組の箱庭の中で、水瀬和葉は特に必要不可欠な人材ではない。常におとなしく、問題も起こさない代わりに教師に喜びも与えない。いくらでも代わりがきく生徒だ。

「今日はその手続きと、実は、折り入って先生にお願いもありまして」

「どういったことでしょう」

「ここではなんですから。どこか、内密にお話ができる場所で、お時間いただけますか」

困ったな、と思った。紫生と桜子の様子が気になるのに。

でも、こうして直接来校されてしまっては、断るわけにもいかない。

「生徒指導室が使えると思いますので、そちらにどうぞ」

職員室の隣の応接室は、少々大げさな気がした。それに、話の内容次第では、校長に知られたくない。水瀬和葉は、早苗が把握している限り、いじめにはあっていなかったが、万が一ということもある。学校側の落ち度で転校するのだとしたら、少々面倒だ。

早苗は、自分にとってもっとも力を発揮できる城ともいえる生徒指導室に、水瀬蓮二郎《れんじろう》を案内した。指導室に入って向かい合うと、早苗は違和感を覚えた。

蓮二郎は普通にそこに座っているだけだ。でも、何かがいつもと違う。

穏やかで甘い顔で、微笑んでもいるのに、その目は鋭かった。

「話というのはですね」

蓮二郎の方から切りだした。

「実は、小野先生に、教師の職から離れていただきたいんです」

早苗は最初、何を言われたのかわからなかった。「は?」と、思わず、保護者に対し非礼な言葉を返してしまう。

「どういうことですか?」

「そのままです。教師をおやめになり、この街から去っていただきたい」

「……あの。どうしてそのようなことをおっしゃるのか、よく――」

「えっ。おわかりにならない?」

蓮二郎は驚いた様子だ。物言いは丁寧《ていねい》だが、どこか、圧力のようなものを感じた。早苗は手のひらに汗をかきはじめた。こんなことは、昔、母親に密室で説教された時以来だ。

(あのお友達とは遊んではいけないって、お母さん言ったでしょう)

(あの子は早苗ちゃんと釣り合わないの。お家も貧乏だし、お勉強もできないし)

（早苗ちゃんの絵が選ばれないなんておかしいわねえ。何がいけなかったのかしら。お母さん、ちょっと学校に電話して聞いてみるわね）

汗は、背中にもかきはじめた。早苗は緊張と驚きで手まで震えだし、一方で、蓮二郎はどこまでも涼しい顔で、さらに言ったのだ。

「子供たちのためにも、ご自分のためにも、人を教育するという立場からは遠く離れた方が賢明だと思います」

「言っている意味が、よくわかりませんけれど」

「N県の県立図書館に、職員の空きがありましてね。わたしの知り合いに頼《い》んで、そこに先生の新しい職場を用意させましたから。図書館なら、先生も資格を活かしつつも、子供と必要以上に関《かか》わらずにすむでしょう」

「水瀬さん。失礼じゃありませんか」

ようやく、強い言葉が早苗の口から出た。何を言いだすのだ、この保護者は。

「そんなこと、勝手に決められるわけないでしょう」

「ですから、先生は自分の意思で行かれるんですよ」

「ありえません。第一、理由もないのに」

「理由はありますよ。それはね、あなたが、鬼だからです」

早苗は再び沈黙した。鬼？　早苗のどこが、鬼だというのか。ああ、そういえば。自殺した瀬戸望美が、飛び降りる直前に叫んだのだった。

『おまえは鬼だ！』

あれは単なる逆恨《さかうら》みだ。自分がクラスメートから嫌われて、仲間外れにされたのを、早苗が勝手に助けてくれると思い込んで。早苗は彼女が疎《うと》ましかった。毎日まいにち、助けを求めるような目で見られて。早苗は彼女が嫌いだった。昔、早苗と早苗の母親の関係を、「双子みたい」と言っていじめた同級生によく似ていた。

だから言ってやったのだ。おまえはひとりぼっちで、誰からも助けられる資格なんかない。今までさんざん、弱いものをいじめてきた、それが罰なのだと。

思えばこの学校に赴任してきて、３年２組の副担任になった頃から、早苗の中で、弱くて醜いものを排除したいという気持ちがさらに強くなっていった気がする。

毎日まいにち、２組の教室から見える、新体育館建設予定地。あの場所を窓から見るたびに、落ち着かない気持ちになった。

それは今も同じだ。落ち着かず、居心地が悪い。それでもここは、早苗の城のはずだ。

「鬼って。どういうことでしょうか」

少し冷静さを取り戻して問いかける。この男は、きっとおかしいのだ。適当なところで話を切り上げて、追い返さなければ。すると蓮二郎は嘆息《たんそく》し、仕方がありませんね、と言って、あるものをカバンから取り出した。それは手鏡だった。

「本当は、見せたくはなかったのですけれど。これは特別な魔鏡《まきょう》でね。人の本性が映る」

蓮二郎は顔をしかめている早苗に向かって、鏡面を、ぱっと向けた。

早苗は、声にならない悲鳴をあげた。そこには化け物が映っていたからだ。

額《ひたい》を割る白いツノ、歪《ゆが》んだ顔、たるんだ皮膚、裂けた唇。民話に出てくるような醜い悪鬼が、そこに映っていた。

「これがあなたの本性なんですよ」

「ち、ちがっ……嘘よ、こんなの」

「この鏡は、嘘はつかないんです」

「わたしは、鬼なんかじゃないっ！」

叫んで、椅子を蹴って立ち上がった。恐ろしかった。指導室の隅に逃れ、そこで、顔を隠して震えた。すると蓮二郎が、同情の滲《にじ》む声で言ったのだ。

「やれやれ。この地に残った邪悪な思念に真っ先に影響されたのが、まさか教育者の立場の方だったとはねえ」

「な、なにを言っているの」

「でも影響を受けるだけの、じゅうぶんな要素があなたの中にあったのですよ。心が柔らかな子供ならいざ知らず、大人のあなたは、本当にタチが悪いといいますか」

わからない。この男が何を言っているのか、まったくわからない。早苗は、とにかく鏡が怖くて仕方がなかった。

「水瀬さん！　それを、しまってちょうだい！」

「もちろん、他の人からは、あなたは普通の人間に見えるでしょう。でもね、鬼って、いったいなんだと思いますか？　見た目が醜い、ツノが生えた者だけが、鬼じゃないんですよ。鬼は、太古《たいこ》の昔から、人の心にひそんで、共存さえしてきた、悲しくも恐ろしい人間の本性の一部みたいなものです。その負の本性に翻弄《ほんろう》されたモノを、人は鬼と呼んだのです」

蓮二郎は言いながら、すっと足を滑らせて早苗のそばまで来た。

「世の中には凶悪事件が溢《あふ》れている。そのほとんどを、化け物が犯したと思いますか？　本当に怖いのは、心の中に悪鬼を隠し持って何食わぬ顔をして生活している、一見普通の人間なんですよ。あなたのように」

そしてもう一度鏡を見せながら言ったのだ。

「学校を去りなさい。教育現場から遠く離れなさい。もしも拒否されるなら、毎日でも、わたしはこうしてやってきますよ。鏡の中のあなたの本性を、見せるために」

蓮二郎はそう言って、にっこりと笑った。そして指導室を出てゆくときに振り返り、さらに極上の笑みを浮かべて言ったのだ。

「鬼退治はおしまいです。あ、娘には内緒にしてくださいね？　わたしが学校に来たなんて知ったら、怒りますから。最近、どうにも反抗期みたいで」

その日のうちに、早苗は辞表を出した。

戻ってくるつもりはない。遠くでこっそり教師を続けたら？　いいや、そんなことをしたら、毎日怯《おび》えるはめになってしまう。

あの男が、いつまたやってくるかと。

それほど、水瀬蓮二郎と、彼が持っていた鏡は、恐ろしいものだった。

エピローグ

小野早苗《おのさなえ》の突然の退職で、3年2組にはちょっとした騒ぎが起こった。ほとんどの生徒にとってみれば、担任が年度の途中でいなくなるなんて、驚きでしかなかっただろう。

早苗の退職により、同日発表されたクラスメートの転校は、ほとんど話題にもならなかった。ただ、桜子《さくらこ》と千香《ちか》、翔平《しょうへい》と紫生《しき》だけは、和葉《かずは》がいなくなったことに釈然としないものを感じていた。

「一緒に原宿行こうって約束してたのにな」

千香が寂《さび》しそうに呟《つぶや》く。

「やっぱり小野の退職と関係あんのかな。週明けたらいきなりいないなんてよ」

翔平は複雑そうな顔だ。でもみんな、どこか落ち着いている。翔平は、悪友たちに、

「お前今日おとなしいな。つまんねーの」

などと言われても、言い返さない。千香は桜子と話すが、ひとりでもトイレに行く。他

の、理央《りお》たちとは違うグループの女子とも笑って話している。

紫生は相変わらずだ。休み時間には、他のクラスの女子がわざわざ紫生を見るためにやってくる。それを理央たちが牽制《けんせい》している。ひとつ変わったのは、紫生が普通に桜子に話しかけてくるようになったこと。

話の内容は授業のことや、委員会のことだ。桜子も普通に返すし、周りも案外冷やかしたりしない。ひとりでもいるけれど、みんなともいる。桜子も、自分の中で何かが柔らかく変化したのを感じていた。

もう和葉に会うことはないのだろうか。

授業中、ふと、どうしようもない喪失感を覚えた。和葉に会えないからなのか。それとも、他の何かが原因なのか。桜子にはわからなかった。

そして、唐突に、産みの母親に会ってみようか、という気持ちになった。

今まで、会うのが怖かった。産みの母親との遺伝的つながりを見つけてしまうのが怖かった。でも、本当に、何かが桜子の中で変化したのだ。

あの日。和葉が現れて、桜子が倒れ、目覚めたとき。夢の中に、何かを置いてきたかのような。重くて苦しい荷物を、置いてきたかのような。

その正体がわかったのは、放課後だった。

放課後、帰ろうとした桜子は、ふと、視界の端をかすめたものに気づいた。

紺色のスカートが、四階に続く階段へと消えたところだった。あっ！　と思って、それを追いかけた。確信に似た思いを抱いて。はたして、彼女がいた。

北棟《きたとう》四階、古い視聴覚室の前の廊下。あの非常階段の手前に、水瀬和葉が立っていた。

「水瀬《みなせ》さん」

いろんな思いが溢《あふ》れて、でも結局何も言えずに、桜子は和葉の前まで歩いていった。

和葉は、今日は、髪を結んではいなかった。長い黒髪が腰のあたりまである。制服を着ているのに、いつもの和葉よりも、ぐっと大人びて見えた。そうか、メガネもしていない。

「最後にお別れを言いたいなと思って」

和葉は言った。うん、と桜子は、喉《のど》の奥で何かが詰まるのを感じながら頷《うなず》く。

「急にいなくなって、このまま会えなくなるかと思った」

「そのつもりだったけれど、わたし、桜子さんのこと好きだったから」

和葉は穏やかに答える。

「顔を見たくなったの。そして、やっぱり、教えるべきかとも思って」

「なにを？」

「あの時、あなたからはがれ落ちたもの」

そう言って、和葉は小さな真紅《しんく》の巾着袋《きんちゃくぶくろ》のようなものを取り出した。紐《ひも》を緩《ゆる》めて、中身を手のひらに取り出す。桜子は驚き、じっとそれを凝視《ぎょうし》した。

ツノだ。つい先日まで、鏡で見ていたツノがふたつ、目の前にある。

「あなたの額《ひたい》にあったもの。でももう大丈夫。ちゃんと回収したから」

「回収って」

「わたしとお父さんはね、鬼退治をしなければならないの」

和葉は微笑んでそんなことを言った。

「故郷に強くゆかりがある、呉葉御前《くれはごぜん》という鬼がいてね」

静かに話しはじめた。澄んだ空気の中で聞こえる葉擦《はず》れの音のように、その声は涼しい。

「呉葉御前は、平安初期の女の鬼で、時の帝《みかど》に愛されたけれど、愛を失い、鬼無里《きなさ》に流れてきたの。寂しさからか、愛憎のためか、人間に悪さをするようになった。そのため、朝廷の命令により成敗《せいばい》されたけれど、首だけどこかに飛んでいった。わたしは水瀬の鬼守《おにもり》として、近々行われる大祭のために、呉葉の失われた首を探さなければならないの」

「それで、ここにも来たの？」

和葉は頷いた。

「日本全国の、鬼の伝説が残る場所を訪ね歩いて、鬼のカケラを集めるの」

鬼塚が壊され、鬼へと変化した女子中学生は自殺した。鬼の思念は校舎内に入り込み、桜子たちも、鬼になりそうになった。

「鬼になる寸前の人間から、ツノを回収し続ければ、呉葉の首も戻ると言われているの」

「どうして和葉がそれをやらなければならないの？」

和葉は、変わってはいるけれど、普通の女の子なのに。原宿に行きたくて、お父さんが鬱陶《うっとう》しくて、おにぎりを食べて、可愛いものが好きな女の子なのに。

「あの土地を、鬼がいないままに保つのが水瀬の家の役割なの。それに」

和葉はそこで言葉を切り、少し声を落として続けた。

「わたしは、呉葉御前の子孫だから」

桜子は、はっと息を呑む。和葉の額に……白いツノが生じたからだ。

鏡越しではなく、本当に、目の前に。

「鬼の子孫だからこそ。悪い鬼の後始末を、請《う》け負《お》わなければならないの」

そうだったのか。和葉は、そっと目を伏せた状態で聞く。

「……わたしのこと、嫌いになった？」

桜子は首を振った。強い思いが溢れてきて、考えるより先に、和葉を抱きしめていた。

「桜子さん」

「嫌いになんか、なるはずがない」

「怖くない？　恐ろしくはない？」

桜子は和葉の華奢《きやしゃ》な体を抱きしめながら、答える。

「怖くない。そうじゃなくて……うまく言えないけど、たぶん、慕《した》わしい」

「慕わしいって？」

桜子は体を離す。和葉の手のひらにあるものを、両手で包むようにして、言った。

「そのツノが離れてね。気持ちは、楽になったような気がしたけど、わたし、寂しかった。わたしの一部がなくなったような気がしたの。おかしいよね。それはわたしを鬼にするものので、額から離れてくれなければ、鬼そのものになって、何をしていたかわからないのに」

でも、と桜子は和葉を見つめる。藍色の、澄んだ宝石のような瞳をした少女を。

「今、水瀬さんを見てわかった。鬼でも人でも、水瀬さんは水瀬さんなんだって。怖くなんかなかった。ただの一度も」

「ふふ。だってわたし、優しいでしょ？」

桜子は、笑った。また自分で言っている。でも、その通りだ。

「優しいよ。だからきっと……それも、わたしの一部だったんでしょ？　苦しくて、悲しかったこと全部、わたしの大事な一部だったんでしょ?」

和葉も笑った。花のように。

「だからわたしは桜子さんが好き」

そう言った。

「お父さんがよく言うの。人は誰でも、心の中に鬼を飼っているって。その鬼を暴走させてしまえば、本物の怪物になってしまうけれど、うまく共存もしていけるはずだって」

「わたしもまた、ツノが生える日が来る?」

「桜子だけじゃない。誰しも、みんな」

そうか。それを聞いて、桜子はひどく落ち着いた。ツノが消えて、ホッとしたと同時に寂しかったけれど。生きていく限り、またツノが生える日が来る。でもきっと、今よりもずっとうまく、それに対処できるのだ。

桜子だけじゃなく。紫生も、千香も、翔平も。みんな、確実に大人になってゆくから。

「わたしと和葉は変わらない」

桜子は言った。和葉と、名前で呼んだ。初めてで、きっとこれが最後。

「ツノが見えていても、見えていなくても、変わらない」

「ありがとう」

和葉は頰を染めて、本当に嬉しそうに答える。額に見えていたツノは、再び消えた。

「みんながそんな風に言ってくれたら、わたしもお父さんも苦労しないのだけど」

素性《すじよう》を隠しながら暮らすのは、きっと、とても大変なことなのだろう。

「これから、どこに行くの？」

和葉は答えなかった。再び、柔らかで透明な微笑を浮かべると、足音も軽く、去っていった。

世間では引っ越しの時は、引っ越しトラックというものを頼んで、家財を丸ごと積み込んで移動するらしい。

しかし和葉と父は身軽なものだ。蓮二郎《れんじろう》は本や着替えを詰め込んだトランクひとつ。和葉は和葉で、小さなボストンバッグのみ。

「お父さん。わたしたちって、荷物少ないよねえ」

借家の戸締まりを確認していた蓮二郎は、肩をすくめた。

「だいたいこんなものだろう。新しく買ったフライパンは持ったし」

「トラ柄のパンツは捨ててったら？　もっと普通のを買えばいいじゃない」

「うん、それは無理だねえ。和葉こそ、荷物、本当にそれだけなのか？」

「大事なものは身につけてるから。友達の……」

そこでちょっと照れてしまい、和葉はこほんと咳払《せきばら》いをする。蓮二郎がニヤニヤ笑うのは無視して、絹の巾着袋を広げた。蓮二郎は、目を細める。

「けっこう集まったなあ」

そこには大小のツノが収められている。みんな、銀色がかってツヤツヤと光っている。桜子のもの、翔平のもの、千香のもの、紫生のもの。中でも桜子のものは、とびきり美しい。これは桜子が悩み、血の涙を流した、その結晶だから。

「和葉は、名残惜《なごりお》しそうだね」

駅に向かって歩いている途中で、蓮二郎が言った。そうかもしれない、と和葉は心の中で認める。でも、だからって、ここに留《とど》まることはできないのだ。

（わたしと和葉は変わらない）

宝物となった言葉を胸にしまい込む。今はこれだけで、じゅうぶんに幸せ。

和葉は最後に街を振り返り、心の中で呟いた。

さようなら、桜子。また、いつかね。

※この作品はフィクションです。実在の人物・団体・事件などにはいっさい関係ありません。

集英社オレンジ文庫をお買い上げいただき、ありがとうございます。
ご意見・ご感想をお待ちしております。

● あて先
〒101-8050　東京都千代田区一ツ橋2-5-10
集英社オレンジ文庫編集部 気付
山本　瑤先生

きみがその群青、蹴散らすならば
わたしたちにはツノがある

集英社
オレンジ文庫

2018年11月25日　第1刷発行

著　者　山本　瑤
発行者　北畠輝幸
発行所　株式会社集英社
〒101-8050東京都千代田区一ツ橋2-5-10
電話【編集部】03-3230-6352
【読者係】03-3230-6080
【販売部】03-3230-6393（書店専用）
印刷所　大日本印刷株式会社

※定価はカバーに表示してあります

ISBN 978-4-08-680221-5 C0193

山本 瑤
エプロン男子

山本 瑤
エプロン男子